刀と傘

伊吹亞門

高詹燦 譯

刀與

目錄

台灣版作者序

伊吹亞門

在我的作品中，《刀與傘》算是評價特別高的一部本格推理作品。

舞台背景爲十九世紀末，執政長達二百六十四年的德川幕府終於垮台，陷入一片混亂的京都。在武裝革命下，不論是好是壞，日本正一步步走向現代化，而在這過程中發生了五起難解的殺人案。建立近代日本司法制度的司法卿江藤新平，與他忠實的部下鹿野師光，挺身挑戰這些難解之謎，構成這部連作短篇推理小說。

我伊吹亞門寫過多部時代推理小說。在創作時我特別留意的是「反正寫的是和現代不同的時代，所以就將現代也可能發生的案件搬往其他時代就行了——這不是我要的，我的目標是寫出只有那個時代才能成立的推理小說！」。因此，這部《刀與傘》，我同樣是以寫出舞台背景爲十九世紀末的日本才能成立的推理小說爲目標。

然而，台灣的讀者們也許不太熟悉這樣的時代設定。關於歷史背景，我自認已採淺顯易懂的方式描述，這方面請不用擔心。另外，難得有這五篇故事，所以我盡情加入whodunit、 whydunit、howdunit、倒敘推理，以及我個人喜歡的推理設計。

我常想，總有一天要挑戰寫一本以台灣為舞台的本格推理小說。遺憾的是，我還不曾造訪台灣，所以這次我的作品會比作者早一步踏上台灣這塊土地。真是很不思議的感覺，在各種不同的文化下，我和各位能同樣享受推理小說的樂趣，實在是非常美好的一件事。

期待日後能與台灣的推理小說迷見面，我也希望能繼續創作出好的推理作品。那麼，就請各位好好享受這本書吧。

來自佐賀的男人

「福岡黑田藩脫藩之議論家五丁森了介，於麩屋町押小路下的町屋離奇死亡一事，屍體遭連砍數刀，模樣如同肉塊。行凶者究竟何許人也，竟能使精通新陰流刀法之五丁森落得這般下場，搜查結果如下。」

——出自《尾張藩公用人（註一） 鹿野師光報告書》

一

一名男子走在雨中的小巷弄裡。

町屋屋簷相連的街道上不見人影，在這寒雨迷濛的午後，只有男子手中的紅色油紙傘緩緩移動著。

男子名喚鹿野師光，是名古屋出身的武士，以藩國公用人的身分職掌京都的政務工作。他

註一：常駐於大名（諸侯）的江户藩邸或京都藩邸的外交官，負責處理與幕府及他藩的各種聯絡、協調事項，並蒐集各種情報。

一身黑皺綢短外罩搭裙褲的裝扮，腰間插著蛋殼塗鞘（註一）的長短刀。他手短腳短，個頭也不高，儘管腳下蹬著朴木屐齒的木屐，身高恐怕也只有五尺（約一五二公分）左右，那晃動著腰間長刀快步前行的模樣，令人聯想到森林裡的烏鴉。

雨勢漸漸增強。師光從位於百萬遍的尾張藩邸出發時，還只是微微淋溼肩膀的小雨，現在已轉為滂沱大雨。拍打在油紙傘上的雨滴力道驚人，冰冷的雨滴在地上彈濺，溼透他的木屐。

「看來雨是不會停了。」

師光從傘緣仰望灰濛的天空，吐出雪白的氣息。

慶應三年（一八六七）冬天，地點在京都麩屋町通一隅。

那是兩個月前的十月十四日，第十五代將軍德川慶喜突然將政權歸還朝廷後，京都就一直處於動蕩中。這便是所謂的「大政奉還」。

慶喜明白幕府掌控權力的體制已到達極限，於是想出這孤注一擲的戰略，將此一重任歸還朝廷。就算突然讓渡政權，朝廷也無法有任何作為，最後還是得仰賴德川家——這是慶喜的盤算。即使最後是以諸侯共治的形式來管理政治，四百萬石（註二）的德川家仍將成為眾諸侯的盟主，這是再清楚不過的事，慶喜從中看出延續德川政權的一條生路。而策畫要以武力奪取政權，甚至暗中準備好密令要討伐幕府的薩摩藩、長州藩等勢力，當然就這樣被他擺了一道。

然而，當眾人幾乎要認爲慶喜的戰略奏效時，十二月九日一早，朝廷突然向全日本發布了「王政復古」的大號令。

無論如何都想讓明治維新開花結果的薩摩藩與長州藩力推的這項行動，是「今後將展開以天皇爲中心的全新政治」的正式宣言。這對原本深信實質的政權將會重返德川家的慶喜以及親德川家的諸侯們來說，無疑是晴天霹靂，而同一天晚上在京都的小御所（註三）召開的第一次新政府會議中，以半強制的形式決定拔除慶喜的官位，並沒收其領地，德川方面當初擬定的計畫可說已徹底瓦解。

爲了避免不必要的爭端，慶喜離開原本暫住的二條城，前往大坂。然而，薩摩藩、長州藩當然不會停止追究，留在京都的尾張藩德川慶勝和越前藩松平春嶽等德川擁護派，與坐鎮御所（註四）的岩倉具視和薩摩藩的大久保一藏等德川討伐派，雙方呈現一觸即發的局面。

身爲尾張藩代表之一，被新政府起用的師光，爲了避免武力衝突而展開行動。他之所以在這樣的雨中外出，也是爲了與德川擁護派的同志進行討論。

註一：以蛋殼貼附在表面作爲塗裝的刀鞘。
註二：「石」是稻米的測量單位，一石等於十斗，約一八〇升。江戶時代以「石」來表示領地稻米的收穫量。
註三：江戶時代天皇接見幕府使者和諸侯的地方。
註四：天皇的住所、皇宮。

走著走著，師光瞄了右方一眼。在兩側町屋的包夾下，出現一條小巷弄的入口。師光撐著傘，若無其事地鑽進巷弄。

師光快步走在這條狹窄的石板路上。濡溼的木頭氣味微微由淡轉濃。兩旁是一整排高聳的木板牆，連木紋都顯得黝黑。沿著牆壁擺放的台座上，擺著三個只裝了黑土的花盆。

往前走了約一町（一〇九公尺），來到略微開闊的地方。石板路至此中斷，他一腳踩進泥濘，木屐的屐齒下沉。

正前方有一幢老舊的町屋。外觀無比殘破，格子窗嚴重腐朽，搖搖欲墜，屋簷的屋瓦脫落處，護生草恣意生長。看起來實在不像有人居住。

師光腳下發出溼答答的聲響，來到門口。他握拳朝大門敲了兩、三下。緊閉的門板被雨淋得又溼又冷。

巷弄深處只傳來大顆雨滴落向屋瓦的聲響。師光將傘柄靠在肩上，雙手互搓，似乎也覺得冷。

不知等了多久，就在師光快等得不耐煩的時候，門後傳來某個東西脫落的聲響。師光吁了口氣，悄聲說「是我」。

接著傳出一陣「卡啦」聲，門板隨之打開。站在門內的，是一名穿暗柿紅色裙褲，體格結實的鬍鬚男子，左手拎著紅色刀鞘的長刀。

「喲，你可來了。」

五丁森了介笑道。

「瞧瞧，你都淋成了落湯雞。」

五丁森後退一步，迎師光入內。

「誰教你不早點開門。」

師光收著傘，語帶責備。

「別這麼說嘛，小心一點總沒錯。」

五丁森關上門，放下門閂，牢牢卡住。

師光單手拎著傘，環視屋內。不可否認，泛黑的屋柱和土牆呈現濃濃的古色，但實際上屋內並不如外觀那般殘破。跟其他町屋一樣，這幢屋子也是房間一路往內相連。一進門，眼前就是俗稱「台所」(註一)的狹窄土間(註二)，而高一段的內部空間，則是以隔門區隔的大房間，格局極為單純。

註一：町屋用來充當餐廳和起居室的空間。

註二：日式房屋入門處沒鋪木板的黃土地面。

從大門面向台所，右手邊有一口小灶和作菜用的台座，左手邊擺放著水甕和碗櫃。町屋本身是雙層建築，但土間上方採俗稱「火袋」的通風井設計，抬頭仰望，可看見高處有好幾根粗梁交疊。

師光將傘頭朝上、靠牆放置後，走過土間，木屐在地上留下帶水的「二」字。脫鞋石上已擺著兩雙沾滿泥汙的草鞋。

「那是多武峰和三柳的鞋。他們剛到。」

可能是察覺師光的視線，五丁森在木板地上這樣說道。

「喂，兩位，鹿野先生到嘍。」

隔門後面是約莫十五張榻榻米大的客廳。除了沿著右牆擺放的書桌和座燈外，幾乎沒看見什麼家具。左牆邊設有通往二樓的階梯，客廳深處有一道小暗門以及附格子的小窗。暗門緊閉著，不過與師光的眼睛一般高的那扇小窗則是半開，約莫是通風用。

客廳內，兩名男子隔著烤火盆迎面而坐。一名是高大壯碩的武士，另一名是身材清瘦、一副學者模樣的男子。他們手中都握著酒杯。

「喲，師光，好久不見。」

那名體格魁梧的男子，維持盤腿的坐姿，偏著頭說道。月代（註一）的剃光處還透著青皮的他，是廣島藩士多武峰秋水。

「看你的樣子，雨應該是愈下愈大了。」

學者模樣的男子，瞄了小窗一眼。他和師光一樣留著總髮（註二），是越後新發田藩士，名喚三柳北枝。

師光苦笑著說「我都淋成落湯雞了」，抬起衣袖向他們展示。

「這要怪五丁森遲遲不替我開門。」

「別這麼說嘛。雖然慶喜公已前往大坂，但還有不少對五丁森懷恨在心的德川餘黨潛伏在此地，小心駛得萬年船。你們應該知道近江屋一事吧？」

師光流露凝視遠方的眼神，點了點頭。

上個月十五日，大力推動「大政奉還」的土佐藩坂本龍馬和中岡愼太郎，在河原町的近江屋遭人斬殺。至今仍未查明凶手，據傳是痛恨這兩人造成德川體制崩毀的新撰組所爲。

「眞是的，枉費我們爲了讓德川家得以延續四處奔走！」

多武峰焦躁地擱下手中的酒杯。三柳低聲附和「說得一點也沒錯」，含了口酒。

師光拔出腰間的長短刀，坐到三柳的身旁。

註一：日本中世末期起，成年男性曾將前面頭髮剃光，這種髮型稱爲「月代」。

註二：男性沒剃成月代頭，蓄著長髮，在腦後綁成一束的髮型。

「怎麼了？在談我的事嗎？」

五丁森雙手拎著新的酒壺，從隔門後探出半邊身子問道。

「沒什麼，一樣是在聊五丁森兄你四處樹敵的事。」

三柳一面朝師光杯裡倒酒，一面說道。五丁森一臉納悶地坐到多武峰的身旁。

「不光是德川餘黨，新政府當中也有人對你有意見。」

「是啊。像岩倉公和薩摩藩的大久保等人，一直想方設法想將我趕出朝廷。在那些無論如何都想收拾德川家的人眼裡，我老是要他們等待，他們肯定憋了一肚子氣。不過……這不是什麼大問題。他們很清楚我的價值所在。要是殺了我五丁森了介，誰能在沒有口譯的情況下與英法的大使商議？不管我再怎麼礙眼，他們也不敢隨便對我下手。」

五丁森的嘴角輕揚，往擺在一旁的愛刀「朝尊」的刀鞘輕拍一下。

「而且，真有什麼萬一時，還得看它同不同意。」

五丁森了介是從福岡黑田藩脫藩的浪人。

出身下級藩士的五丁森，年輕時才學便受到賞識，曾以黑田藩藩士的身分到京都的學習院任官。當時學習院是激進的尊王攘夷派聚集的場所，但五丁森根據自己在那裡獲得的知識，反而了解到破約攘夷（註）的魯莽，於是他的思想逐漸傾向開國論。

「像攘夷這種幼稚的想法應該趁早捨棄，除了進一步對外國開放門戶，透過交易通商來提升國力外，別無他法。」

儘管在當時攘夷思想四處蔓延的京都，五丁森依舊高聲主張開國交易論，結果自然是被薩摩藩和長州藩激進的尊王攘夷派盯上，黑田藩怕引發風波，命他火速回藩，但他無視藩國的命令，至今仍留在京都。

脫藩後，五丁森還大膽地住在京都，四處奔走，展開推廣他論調的活動。他關注各大藩和朝廷的動靜，同時憑藉從長崎得來的許多洋書，不斷學習外國的知識，不知饜足。而他就此建立的理論，雖是透過人們口耳相傳，卻也漸漸獲得有權勢的公卿家和各藩國重臣的關注，最後他以非公開的身分，當上賢名遠播、人稱「賢君」的越前藩藩主松平春嶽的請益顧問。在這個過程中，刀光劍影的日子絕對沒少過，但五丁森絲毫不以爲苦。

「往自己相信的道路前進，何須有所顧慮？」

五丁森吟詩般這麼說，一口喝乾杯中的酒。師光停下正要往嘴邊送的酒杯。

「難得看你喝酒，是不是有什麼好事？」

「藩主交辦的那件棘手的工作，終於完成了，今晚我非喝不可。」

註：打破不平等條約，趕走外國人的政治主張。

五丁森猛然伸手，從零亂的書桌上抓起一疊折好的紙。

「近日藩主將造訪大坂城。」

「哦，春嶽公是吧。」

多武峰頗感興趣地低語。

「要是我能同行就好了，但薩長那幫人可能會看準藩主不在的時候，在京都爲所欲爲。因此，我受命留下來監視，並準備書信……對了，多武峰，書信幫我送給上社了嗎？」五丁森問道。

「嗯，我按照你的指示，前往大垣藩邸，直接交給他本人了。」

多武峰微微點頭，師光望向他，「哦」地驚呼一聲。

「你說上社，他不是在長崎嗎？」

「我也是剛剛才知道，約莫兩週前他便已返回京都，還從大垣藩邸捎信給多武峰先生。」

三柳在一旁說明。

「他好像感染風寒，臥病不起，說是現在身體好多了，近日會前來問候。」

聽多武峰這樣補充，五丁森將書信放回桌上，笑著說「眞是幫了我一個大忙」。

「因爲我很想聽聽他的意見。」

三柳替多武峰斟滿酒杯。

「回到剛才的話題，春嶽公前往大坂，果然是爲了與慶喜公見面吧？」

「沒錯。京都流傳著令人不安的傳聞，『一萬五千名德川兵將進軍京都，討伐坐鎭御所的薩長』。儘管是流言，但無風不起浪，所以藩主才要親自前往，叮囑他們別輕舉妄動。」

「『無風不起浪』是嗎？看來，會津藩和桑名藩漸漸按捺不住了。」

作爲德川家根據地的大坂城，除了慶喜麾下的德川兵外，還有前京都守護職松平容保及前京都所司代松平定敬分別率領的會津藩與桑名藩的藩兵入駐。這兩藩自認過去爲了守護京都的安寧盡心盡力，如今被逐出京都，聽說城內無比喧鬧，殺氣騰騰。

「讓人想起之前的戰事。當時是會津藩和桑名藩合力討伐攻入京都的長州藩，這次則是換長州藩和薩摩藩想攻打這兩藩。」

多武峰擱下酒杯，望向窗外。元治元年（一八六四）七月，期盼藩國能復權的長州藩，揮兵攻打會津藩守護的御所，史稱「蛤御門之變」。光是京都市內就有約莫三萬戶民宅被燒毀，戰爭帶來災禍至今已過三年，京都仍傷痕未除。

「這一帶離御所很近，當時也遇上大火嗎？」

「看來是免不了一戰了。」

就像要讓中斷的對話能接上般，三柳低語。五丁森聞言，大喊一聲「不」。

「不能打仗。我們就是爲此展開行動。三柳，你怎麼怯懦起來了？眞不像你。」

五丁森那粗大的手掌往三柳的背部一拍。

「很痛耶，五丁森先生。」

三柳暗自苦笑，微微扭動身軀。

「對了，師光，我有事想拜託你。」

四人的交談暫歇，五丁森紅著臉說道。

「其實也不是什麼大事，我希望你幫忙帶某個男人來這裡。」

「除了我們以外，要找別人來這裡？」

多武峰一臉驚訝地望向五丁森。

「別擔心，是三條公親自引介的佐賀藩士，身分保證沒問題。」

哦——三柳顯得興味盎然：

「佐賀可真罕見呢。」

在西邊的藩國中，肥前佐賀藩算是數一數二的強藩。在藩主鍋島閑叟的治理下，很早便引進西洋技術，此舉發揮了功效。建造了日本第一座鍊鐵廠，落實種牛痘的普及，在現代化方面確實走在國內的尖端。

然而，儘管擁有實用蒸汽船和阿姆斯壯大砲等現代兵器，佐賀藩並未將強大的軍事力量當成政治上的籌碼。藩內主張堅守鎖國主義，一概斷絕與別藩的交流，對於中央的政局也始終保持一定的距離。

「佐賀藩的軍事力量絕對不容忽視。如果能加入我方，也能牽制薩摩藩與長州藩。」

五丁森可能是有了幾分醉意，扯開嗓門說道。

「那些政府的大人物，平時傲慢無禮，唯獨對閑叟公畢恭畢敬，請他進京。他們私下都稱他是『肥前的妖怪』。」

「佐賀擁有那麼強大的軍事力量，卻一直按兵不動，薩長方面一定覺得猶如芒刺在背吧。」

五丁森一手端著酒杯，一手撫摸著下巴。

「那個男人外表看起來寒酸，但聰慧過人。如果有時間，我很希望能找家酒樓設宴款待他，可惜現在連這樣的時間都抽不出來，才要勞煩你跑一趟。」

多武峰臉色凝重地盤起雙臂，問道：

「真的沒問題嗎？很多人都只是說些表面話來接近你。」

用不著擔心——五丁森笑著搖了搖頭。

「這樣的話，我只要把對方帶來就行了吧？還是要去佐賀藩邸接他？」

「不，我已請他後天下午去位於百萬遍的尾張藩邸拜訪你。你不妨和他多聊聊。雖然他是個怪人，但感覺你們應該合得來。」

嗯——師光應了一聲。

「他叫什名字？」

「姓江藤，名新平。這名字念起來挺順口的，一下子就能記住。」

二

兩天後的拂曉時分。

「在下想見鹿野師光大人。」

一個人靜靜在尾張藩邸的個人房吃早餐的師光，突然聽到有人在大路上叫喚他的名字。他不自主地停下筷子，轉頭望向聲源處。

「尾張藩公用人鹿野大人在嗎？」

師光望向壁龕的座鐘，現在才剛過清晨六點。那感覺帶有西邊藩國腔調的聲音聽起來很陌生，如果是在叫喚門衛，未免太大聲了。

那神祕的聲音仍持續叫喊著：

「在下奉藩命從佐賀來京都當差，今日有事想拜訪鹿野大人。有人在嗎？請代爲通報！」

師光不禁噴出口中的味噌湯，他擦了擦嘴，急忙站起身。

「不是說下午嗎……」

師光匆匆奔過走廊，從玄關來到門外。只見被昨晚那場豪雨淋溼的大門前，一名身穿傳統禮服、額頭異常寬的武士，正與門衛爭辯。一看到師光，他便強行推開門衛走上前。

「你是鹿野師光，對吧？」

對方湊向師光，像在逼問般說道。

「對，我就是鹿野。」

師光對那感覺不出有絲毫顧慮的口吻頗爲吃驚，仔細打量著對方的神情。

「希望你能盡早帶我去見五丁森大人。或許你已聽說，我沒什麼空閒，拜託了……啊，我還沒報上姓名吧。我是佐賀藩士江藤新平，以閑叟公代理人的身分進京。今後請多多指教。」

對方毫無笑容，連珠砲似地說道。

「也就是說，五丁森大人的住處，包含鹿野你在內，只有極少數的人知道嘍？」

江藤面向前方，呼出雪白的氣息說道。兩人走在清晨的二條通上，開始上工的工匠們來來往往。妙滿寺濡溼的黑色屋瓦，在朝陽下閃閃生輝。

「除了我之外，還有三個人知道。他們是廣島藩的多武峰秋水、新發田藩的三柳北枝，以及大垣藩的上社虎之丞……就連五丁森任官的越前藩的人，應該也不知道他藏身何處。平時五丁森會前往位於岡崎的越前藩邸，若有什麼事，我會透過剛才提到的那幾位傳話給他。」

師光小聲地持續說明，繞過二條麩屋町的轉角。

「連對越前藩的人也保密是吧，還眞謹愼。」

江藤略感意外地提高語調。

反對攘夷的五丁森，過去許多人都嘲笑他，對他多所鄙夷。然而當情勢改變，不得不承認開國交易是唯一的生路時，那些人馬上改變態度，想盡辦法接近五丁森，一副從未和他有任何過節的模樣——五丁森目睹他們的態度丕變，也難怪他會與周遭的人劃清界線。

「爲了幹大事，無論如何都需要有某種程度的地位。五丁森會選擇侍奉春嶽公，也是考慮到有意招攬他的諸藩中，就屬越前藩最有實力。」

聽完師光的說明，江藤點頭同意。

「唯一的例外，就是你們四人。」

五丁森因過於激進的言論而遭追殺，是師光他們四人救了他。當初他們與五丁森邂逅的情形各有不同，但他們都很仰慕五丁森的人品和才學，於是幫助五丁森藏身，安排他結識強藩的高官，爲他鋪路，讓他能在公開的舞台上大顯身手。

不過，他們並非從一開始就認同五丁森的思想。跟五丁森一樣原本就反對攘夷的上社和師光，很久以前便與五丁森是常互借洋書的同伴。另一方面，多武峰與三柳是五丁森在學習院時代的同窗，原本是徹頭徹尾的攘夷派，與五丁森討論後，明白了破約攘夷的魯莽，之後轉爲支持開國論。

「我很開心。」

某次的酒席上，難得喝醉的五丁森如此說道。

「一個反對輿論的脫藩浪人的戲言，根本沒人理會，但你們四人不一樣。你們願意傾聽，和我討論，所以我只相信你們。」

可是——江藤輕撫著下巴說：

「至今仍有許多人想取他性命。我認爲他做這樣的選擇是明智之舉。」

「五丁森也參與了之前的『大政奉還』，德川餘黨懷恨在心，二十四小時都緊盯著他。雖然他們大半都已隨慶喜公一同前往大坂，這一去不是只有三兩天的事，不過……」

師光的臉色凝重，繼續道：

「現在五丁森提防的，反倒是新政府。那幫人見有人礙事就會加以剷除，毫不手軟。」

五丁森始終堅持反對討伐德川幕府勢力的立場。他向主君春嶽獻策，有時甚至親自出席新政府會議，面對薩長方面高喊討伐德川幕府勢力的意見，他都極力駁回，看在主戰派眼裡當然很不是滋味。

「這樣啊，原來五丁森大人反戰。」

江藤像是想起什麼似地，如此說道。師光避開地上的大水窪，點了點頭。

「一旦開戰，德川與薩長就非得打到其中一方滅亡爲止，整個國家將會民窮兵疲，連抵抗的力量都不剩，英法那些人豈會輕易放過我們。最後我們會像清國那樣，淪爲他們的俎上肉。這是五丁森最害怕的結果。」

事實上——師光接著說：

「英國公使巴夏禮（Harry Smith Parkes）甚至留在大坂城，提議要慶喜公接受英國的援助。另一方面，法國販售大量的槍砲彈藥給薩長。一邊說不干涉內政，一邊卻又鼓動戰爭，這任誰都看得出來吧。現在就算德川與薩長爭鬥，也只是英法的代理戰爭罷了。當眞是愚不可及。」

江藤雙臂交抱胸前，仔細打量著師光。

「怎、怎麼？」

「不，原本以爲新政府裡只有蠢材，沒想到你挺有見識的嘛。我對你刮目相看。」

「哦，承蒙抬愛。」

師光擺出若無其事的模樣，不時偷瞄身旁的江藤。穿著嚴重磨損褪色的禮服和裙褲的這個男人，比師光高一顆頭，膚色像陶瓷般白中帶青，寬闊額頭下的那對濃眉始終皺在一起，彷彿十分不悅。

眞是個怪人，師光暗自嘀咕。面對江藤桀驁不馴的態度，師光的感覺已超越憤怒或錯愕，來到佩服的程度。師光確實是新政府的一員，江藤不過是剛從九州進京的一名沒沒無聞的藩士。兩人的身分可說是天差地遠。

然而，江藤完全不以爲意。對這個男人而言，對方的身分爲何，根本無關緊要。就算對方是公卿或大名，他應該也會毫不顧忌地說出自己的想法。

師光原本以爲江藤是在逞強。面對雙方身分地位的差距，江藤感到羞慚，才會虛張聲勢吧。後來師光漸漸發現，那是自己誤會了。

「……不過，比起受人諂媚討好，這樣可能還比較好吧。」

「你說什麼？」

「不，我只是在自言自語。」

師光笑著含糊帶過，這時背後有人叫了一聲「喂」。兩人同時轉頭，眼前站著一名身穿暗紅色短外罩、高大肥胖的男子。

「這不是鹿野嗎？」

「噢，是上社啊。」

上社虎之丞晃動著圓凸的肚腹，朝師光走來。

「好久不見。我聽多武峰說，你從長崎回來了。風寒好了嗎？」師光關切道。

「還有點咳。從夏天之後我就沒再見過你了吧，實在是久違了。」

上社如此說道，一臉懷念地輕拍師光的手臂。

「記得你是去擔任英國商人的口譯吧？這趟去得眞久。」

「就是說啊。」

嗯——上社沉吟，清了清卡在喉嚨的痰：

「因爲處在這樣的時局，西邊諸藩都趕來搶購槍砲彈藥備戰。堆積如山的字據得一一翻譯成英文交付，這可是大工程啊。當初說好的時間，都延遲兩個月了。」

師光笑咪咪地一再點頭，說道：

「對了，接下來我要去五丁森那裡，該不會你也正要去吧？」

「雖然晚了，但回京後，還是得去打聲招呼。」

「對了，五丁森那傢伙說有事想找你。」

上社流露略感驚訝的神情，屈身向師光附耳低語：

「你也知道這件事嗎？他託多武峰轉交的書信我收到了，信裡提到有事想拜託我處理……對了，鹿野，這位是……？」

師光轉頭一看，江藤可能是被當成外人，心裡感到不是滋味，頻頻蹬腳發出聲響。師光馬上往後退開，伸手比向江藤。

「這位是佐賀藩士江藤新平先生，是連五丁森也認同的人才，我正準備帶他去見五丁森。──江藤先生，這位是之前跟你介紹過的大垣藩士上社虎之丞，乃寶藏院流槍術的高手，也精通歐美的情勢。」

「敝姓上社，請多指教。」

上社如此說道，低頭行了一禮，江藤只應了聲「嗯」。

「好像有股燒焦味。」

順著麩屋町通往南走時，江藤突然開口道。師光用力嗅聞，確實就像江藤說的，這條兩旁屋簷近逼的窄路瀰漫著木頭燒焦的難聞氣味。

「啊，那應該是因爲我們的關係。」

師光身旁的上社說道。

「昨晚我們的藩邸被雷打中，引發大火。」

「那眞是嚴重哪。」

師光不禁雙目圓睜。上社居住的大垣藩邸就在這附近，順著麩屋町押小路往北走一小段路就可抵達。

「紀錄文件都燒毀了，但沒鬧出人命，算是不幸中的大幸。」

上社走進通往五丁森住處的巷弄，師光與江藤跟在他身後。

「明明有人要取他性命，五丁森竟然還待在這樣的市町裡，膽子未免太大了吧。」

身後傳來江藤的低語，師光忍不住面露苦笑：

「五丁森自己相當小心提防。他很少外出，而且特意裝設格子窗，可查看屋外的情況，若發現是我們這幾人以外的陌生人，他會馬上從屋內的暗門離開——」

走在師光前方的上社突然停步。

「鹿野，你看那個。」

上社抬起粗壯的手臂，指向前方。師光從他寬闊的背後探頭，順著他所指的方向望去。穿過巷弄，一處窄小的空地後方。在灑落一地的晨光下，五丁森棲身的町屋大門半開。

一股無法言喻的不安，從足下一路竄升。師光從上社身旁飛奔而過，濺起地上的泥濘，跑向那幢町屋。

厚實的門板——尤其是上鎖的地方——留下多道鮮明的刀痕。師光伸手搭向門邊，一口氣打開門。

「五丁森！」

師光朗聲叫喚。土間沒有人影，沐浴在從高窗透進的陽光下，大顆粒的塵埃靜靜閃動著亮光。

正準備一腳跨進土間時，師光卻僵在原地。他多次聞過的那種氣味，直衝鼻腔。

師光緩緩伸手搭向腰間佩刀的刀柄，定睛望向屋內深處。隔門微開，留下一道門縫。他命身後的兩人留在原地等候，自己緩緩走進土間。

師光緩慢輕細地呼出雪白的氣息，腳底貼地而行，經過爐灶和流理台。脫鞋石上擺著五丁森那雙熟悉的木屐。一旁立著一把澀染（註）的油紙傘。師光再度叫喚五丁森的名字，但隔門後面毫無回應，只有腥臭味愈來愈濃。

師光穿著木屐直接踩上木板地。他一手緊握刀柄，一手用力拉開隔門。

客廳內籠罩著嗆人的臭味。師光馬上以衣袖摀住嘴，接著看到眼前的光景，錯愕不已。

客廳整個被血花染紅。噴濺的血漬甚至遍及深處的牆壁，令眼前淒慘的景象更加駭人。

而那東西就倒臥在染血的榻榻米上，彷彿朝師光伸長手臂。那是右半身朝下，猶如嬰兒般

註：以柿子的澀液染製的一種染法，有防水、防腐、防蟲之效。

躬著身子的人——不，被砍了無數刀、已不成人形的那東西，看起來只像是沾滿鮮血的肉塊。軀體連同身上穿的衣服一起被砍破，右胸有一道約兩寸寬的深邃刺傷。紅黑色的內臟，從劃破的肚皮流出。彎曲的手腳上也有刀傷，當中幾處深可見骨。

師光擦拭著額頭的涔涔汗水，緩緩繞向屍體背後。只見後頸中了數刀，屍體的頭部扭成不自然的方向。

「是誰殺了你……」

師光單膝跪在染成一片紅黑色的榻榻米上，望向那血淋淋、滿是鬍鬚的面容。

「告訴我，五丁森。」

他輕喚著亡友之名。

「喂，鹿野！」

門外傳來上社的聲音，師光頓時起身。他的目光從屍體上移開，掃視整個客廳。

因爲房內家具少，看不出什麼嚴重破壞的痕跡。師光從屍體身旁走過，靠近深處的牆壁。

「五丁森死前沒逃跑嗎？」

師光望向右邊角落的暗門，如此低語。就算對方闖進屋內，只要從暗門離開，便可趁對方撬開大門時脫身。但暗門上的鎖此刻仍牢牢緊鎖，從上頭積著厚厚一層灰來看，已有很長一段時間沒使用。

師光想著這件事，準備返回土間。就在這時——

他維持向前邁出一步的姿勢，僵立原地。

大量的血將客廳深處染成了紅黑色。相較之下，從土間登上木板地的那一帶，雖然濺了幾滴血漬，但沒遺留大片血跡，也沒擦拭過的痕跡，只有師光沾了泥巴的木屐在地上留下點點鞋印。

「鹿野，我進去嘍！」

上社的怒吼聲再度傳來。師光急忙走出客廳，來到木板地上，剛好這時上社正要通過大門。

「鹿野，這難道是……」

上社可能是聞到血腥味，神情嚴厲地望向師光。

「五丁森在裡頭的客廳被殺了。」

師光以隨時都會打結的舌頭，勉強說出了現況。從上社那厚實雙脣的縫隙間逸出幾不成聲的呻吟。

「五丁森的遺體不能就這樣放著不管。上社，不好意思，請你從藩邸派人過來。」

「你說的藩邸，是我們藩嗎？」

「不然還會是哪裡？我會趁這段時間驗屍。你動作要快。」

為師光那不容分說的口吻震懾的上社，把來到嘴邊的話嚥回肚裡，匆匆走出大門。

目送上社的背影離去後，師光回到客廳。就在這時——

「這根本是亂刀狂斬嘛。」

一旁突然冒出這道聲音。

師光馬上手握刀柄，以準備拔刀的架勢轉向對方。不知江藤什麼時候進屋的，只見他盤起雙臂，俯視著屍體。

「你是什麼時候……」

江藤「嗯」了一聲，抬起臉說：

「我從剛才就一直在這裡了，你沒發現嗎？」

接著，江藤一臉忿恨地嘖舌。

「聽說五丁森了介樹敵眾多，但竟然這麼快就被殺了——我真是完全沒想到啊。」

師光知道自己臉色大變，準備出言反駁時，江藤打斷了他，滔滔不絕地繼續道：

「先不談這個，你打算『先找人來收拾屍體』對吧。雖然是臨時想出的主意，但真的不簡單。的確，五丁森了介不是被陌生的暗殺者襲擊。」

師光一臉驚詫地望著他。江藤嘴角輕揚，接著說：

「鹿野，你目睹這幕慘狀後，很機靈地發現了這點，所以才不讓上社虎之丞走進客房，對吧？因爲如果他是凶手，證據被他消滅就不妙了。」

師光像金魚一樣嘴巴一張一合。江藤在他身旁跪坐下來，以手指輕觸紅黑色的榻榻米以及屍體手臂上的傷。

「剛才在路上，你說你們前天中午來到這裡，一起喝酒直到傍晚。因此，五丁森是從前天晚上到今天早上的這段時間遭人殺害。如你所見，血跡大多已凝固，呈紅黑色，但有不少地方仍未乾透。想必距離他遇害的時間不會太久，應該是昨天晚上吧。」

以裙褲擦拭髒汙的手指，江藤站起身。

「得一併納入考量的，是這幾天持續下個不停的大雨。昨天從下午開始，小雨下下停停，只有入夜後雲層散去約一個半時辰（三小時）。到了亥時（晚上十點），又突然降下大雨，一直到早上卯時（早上五點）左右，都下著傾盆大雨。沒錯吧？」

江藤伸出手指，指向師光。師光點頭。

「如果是這樣，爲什麼到處都看不到腳印呢？」

江藤指著師光的腳下，接著說：

「就算對方是撬開門闖入好了，既然是穿過戶外的泥濘而來，屐鞋應該帶有髒汙才對。可是現場卻不見一路連向客廳深處的凶手腳印，這是怎麼回事？實際上，此刻你木屐的腳印就留在榻榻米上。破門展開襲擊的暗殺者，會規規矩矩地脫好鞋才進屋嗎？」

江藤滔滔不絕地說著自己的見解，師光目瞪口呆地望著他。

「如果是在土間或木板地遭斬殺，確實不會留下腳印。但血跡是在客廳深處，從這點來看，顯然五丁森是在那裡遭斬殺吧？因爲看不出有擦拭的痕跡。」

江藤豎起食指，指向天花板接著道：

「如果五丁森不是遭暗殺者襲擊，凶手便是他自己請進屋內。到底會是誰呢？這時候有個重點，就是你剛才說的『五丁森了介只有同志在門外時才會開門』。換句話說……」

「……能從大門走入，在脫鞋的狀態下進屋的，除了那三人以外，就沒別人了。」

「不對，包括你在內，一共四人。」

師光頓時啞口無言。

「你、你的意思該不會是我殺了五丁森吧？」

「我沒說是你殺的。我的意思是，有可能是你殺的。」

江藤不耐煩地揮了揮手，打斷師光的話。

「那還不是一樣！爲什麼我非殺了五丁森不可？」

「關於這點，其他三人不也一樣嗎？那麼，你回答我。昨晚你在哪裡、做了些什麼？」

「昨天我一直待在百萬遍。只要向藩邸的人詢問，馬上就能知道！」

很好——江藤頷首。

「果眞如此，你就不是凶手。當然，我會加以確認。這麼一來，就剩其他三人有嫌疑了。是多武峰、三柳、上社，他們其中一人或多人所爲……或者是在闖進屋內前會先脫鞋，相當守規矩的暗殺者。」

「等、等一下！」

江藤做了這樣的結論後，環視客廳。

「好了，在那個男人回來前，剩沒多少時間，我們趕緊調查吧。」

師光急忙朝蹲在屍體旁的江藤背後叫喚。

「你說調查，爲什麼你要這麼做……」

「我不是說過了嗎？我完全沒想到會遇上這種情況。」

江藤伸指抵向屍體的脖子，冷淡地說道。

「我的使命，是讓佐賀藩在京都保有與薩長相比毫不遜色的地位。但若是我一直像現在這樣沒沒無聞，無疑是痴人說夢。無論如何，我都得在京都打響我江藤新平的名號。」

師光皺起眉頭問：

「你就是爲此接近五丁森嗎？」

「別誤會，是我選中了他。豈料他卻被殺了。」

江藤不悅地應道。

「這種感覺就像是半路殺出程咬金。鹿野，憎恨凶手的可不只你一個人……這件事確實令人惱火，但再怎麼不甘心也沒用，所以我決定改變方針。」

你該不會是——師光粗聲粗氣地說道：

「想要揭穿凶手的身分，好藉此揚名立萬吧？」

「沒錯，有什麼不對嗎？」

江藤一臉納悶地回望他。

「你說這話眞怪。想將凶手的罪行攤在陽光下，在這點上你和我應該是目標一致才對。話說回來，你不就是爲了這個目的，才將上社支開嗎？」

師光一時答不出話，江藤接著說：

「如果你無意找出凶手就快點回去吧，待在這裡只會礙事。」

江藤的視線移回屍體上。師光瞪了他的背影半晌，接著像是放棄般，重重嘆了口氣。

從忙著驗屍的江藤身邊離開，師光走樓梯上到二樓的房間。

「我記得二樓是書庫兼寢室。」

雖然空間與一樓差不多大，但這裡堆滿了書，幾乎沒有可站立的地方。只有正中央鋪著一床又硬又潮的白色墊被，沒什麼特別之處。

師光回到一樓，從屍體與江藤身旁通過，走向客廳深處。和暗門一樣，牆上的小窗也是緊閉的。牆上有好幾道像是五丁森遭斬殺時噴濺的血痕，形似腰帶。

接著師光走向書桌。桌上有墨汁已乾的硯台和細毛筆，以及幾本黑皮革封面的洋書。一旁擺著厚厚一疊折好的紙——五丁森提過，是春嶽委託他辦事的書信。師光躬身拿起書信，發現上面沒半滴血汙。他撫摸封面，指尖傳來紙張帶有溼氣的觸感。定睛細看，上面還留有一點一點水滴的痕跡。

師光納悶地偏著頭，身後忽然傳來江藤的叫喚聲。

「鹿野，你看這個。」

江藤跪在地上，望著扔在屍體身旁的一對長短刀。

「這是五丁森的刀吧？」

江藤握著長刀的刀鞘，遞到師光的面前。

「對，長短刀都是五丁森的。」

見師光點頭，江藤沉吟一聲，拔出刀鞘裡的長刀。

「刀刃沒有缺口，也沒有血的霧氣……他完全沒抵抗嗎？」

江藤反覆檢視那亮晃晃的刀刃，師光對他搖了搖頭。

「在天花板這麼低的房間裡，一般是不會拔出長刀的。因爲會受橫梁阻礙，無法順利揮刀。如果對方砍殺過來，要馬上拔刀應戰的話，應該會用那把短刀吧。」

江藤一愣，聽他指出這一點後，急忙伸手去拿那把短刀。短刀已離鞘的刀刃，確實可清楚看出上頭有紅銅色的血霧。江藤碰觸刀刃的平坦處後，手指沾附黏膩的油脂。

「劍術不是我的專長……」

江藤像在爲自己辯解，小聲咕噥道。

他將手邊的那疊紙收進懷中，走向土間。乾燥的調理台上，散落著幾片乾癟的菜葉。爐灶裡的炭也已完全冷卻。流理台邊擺放著洗好晾乾的酒壺和酒杯。他望向碗櫃，發現那裡凌亂地擺放著已乾的酒壺、酒杯、茶碗等。

鹿野——江藤從客廳探出頭問：

「發現什麼了嗎？」

「找到一些。」

如此低語的師光背後，傳來喧鬧的人聲。上社帶人過來了。

三

目送五丁森的屍體被運往附近的寺院後，師光委請上社辦理之後的手續，自己與江藤一同去見多武峰和三柳。此行名義上只是告知五丁森遇害一事，但眞正的目的，是要打探這兩人的情況。

薄雲滿天的冬日下，他們走在鴨川沿岸的河灘道路上，朝多武峰的住處而去。

「這起案件感覺不像是經過縝密的計畫。」

江藤踢起路邊的小石頭，接著說：

「否則應該不會犯下忘記留下腳印的這種愚蠢疏失。至於留在大門上的刀痕，現在細想，怎麼看都像是刻意的。」

「你的意思是，凶手是在起了口角後，揮刀殺害五丁森嗎？」

「五丁森了介有學問又善辯，這樣的男人站在非戰派那邊，想必薩長那幫人很難辦事。就算佯裝是德川方面所爲，派人加以暗殺，也不足爲奇。不過——」

江藤豎起食指，繼續道：

「即使這三人當中有人與薩長暗中勾結，目的是要暗殺五丁森，也沒必要刻意拔刀。因爲是交心的同志，只要看準機會在酒杯裡下毒就能辦妥此事。」

師光盤起雙臂。吹過河面的旋風，晃動著他抬起的衣袖。

「不過，如果是發生口角後揮刀互砍，則有個疑點。五丁森是新陰流的高手。面對這樣的高手，到底有誰能在刀法上贏過他。」

江藤露出大感意外的表情。

「三柳就不用提了，多武峰在刀法上應該也不是五丁森的對手。若是上社持長槍，或許還能一拚。」

「一般情況下不會帶著長槍外出吧。」

江藤喃喃低語，沉著一張臉。

兩人繞過仁王門通的轉角。隔著斑駁剝落的白牆，可以望見頂妙寺的黑色佛堂。佛堂深處隱約傳來誦經聲。

「五丁森爲什麼會被殺害呢？」

師光低著頭自言自語。

「如果我們當中有奸細，奉薩長的命令動手暗殺，這樣的計畫確實太過粗糙。因爲就像你說的，只要在酒裡下毒就行了。」

「鹿野？」

「等等，如果是毒殺，凶手便會限定在能自行走進那間客廳的我們這四人。爲了避免被鎖定身分，刻意不選擇這種手法，也是可以想見的。」

「喂，鹿野。」

「如果有人痛恨五丁森，這股怨恨是下手的原因，就有可能不採用下毒的手法，而是選擇揮刀，但這麼一來，又會回到最初的問題，誰的刀法能勝過五丁森——」

「鹿野師光！」

師光急忙轉頭。他似乎太沉浸於思考了，只見一幢老舊的町屋前，江藤一副受不了的表情望著他。

「你打算去哪裡？多武峰的住處不就在這裡嗎？」

兩人被帶往客廳，等候多武峰到來。江藤退一步，坐在師光的後方。

「多武峰秋水刻意搬離藩邸，在外頭租屋，應該別有用意吧？」

江藤喝著招待的熱茶，如此詢問。師光維持原本的姿勢頷首。

「至今廣島藩仍爲了要投靠德川，還是投靠新政府，而意見分歧。藩內意見紛擾，甚至引發流血衝突。在想支持新政府、討薩長歡心的傢伙看來，反對討伐德川的多武峰可說是眼中釘。他們想找機會鬥垮他，似乎用各種方法暗中策畫。因此，爲了避免捲入不必要的紛爭中，他才會主動離開藩邸。」

走廊深處傳來快步接近的腳步聲。兩人一同望去，隔門頓時打開，身穿窄袖和服的多武峰從走廊上出現。

「喲，師光，怎麼啦？」

多武峰強忍著哈欠，坐在師光面前。

「抱歉，突然來訪。」

「無妨，我今天剛好沒什麼事。」

多武峰如此說道，大口喝起女傭端來的熱茶。

多武峰秋水在廣島藩與師光一樣擔任公用人一職。他是個高逾七尺，體格魁梧的大漢，同時也是關口流柔術的高手。三年前討伐長州藩時，他一人便將藩內的意見轉爲擁護長州藩，手腕過人，威名傳遍藩國內外。

「你今天來是有什麼急事？」

聽完師光對江藤的介紹後，多武峰擱下茶杯問道。

「五丁森了介被殺了。」

師光剛要開口，背後的江藤出聲回答。多武峰的視線從師光身上移開。

「什麼？」

多武峰張大嘴巴，來回望著師光和江藤。

「喂，師光，這個男人說的是真的嗎？」

多武峰皺起眉頭，神情嚴峻地朝師光逼近。師光輕輕點頭。

「怎麼會這樣……」多武峰緊緊抓住師光的雙肩，「這是誰幹的？是薩長那幫人嗎？是他們殺了五丁森嗎？」

「你冷靜一點！」

師光厲聲一喝，多武峰低下頭，垂落雙肩，重重嘆了口氣。

「他遺體上的傷不光是一、兩處，恐怕是遭到多人襲擊。」

多武峰神情落寞地閉上眼。師光用力咳一聲，重新坐正。

「多武峰，你常去五丁森那裡，昨天你也去了嗎？」

多武峰神色黯然地搖搖頭。

之後師光一邊描述屍體被發現時的狀態，一邊在避免多武峰察覺的原則下詢問他昨晚的行蹤。據多武峰說，他酉時（晚上六點）到木屋町飲酒，接連喝了幾家後，於亥時（晚上十點）前返家。當時有幾位廣島藩重臣因有急事相告而造訪，在他家中等候，之後德川派與新政府派兩派人馬展開爭論，直到清晨。

「那幾位重臣是什麼時候離開的？」

面對師光的詢問，多武峰偏著頭思索：

「這個嘛，只記得當時天色尚暗。不過，雨停了。」

「剛才我向男僕確認過，廣島藩的人是在卯初一刻（清晨五點）離去。」

江藤與師光並肩而行，如此說道。

「在那之後，一直到我們前往拜訪，多武峰都在二樓的房間睡覺。我也確認過，有沒有可能悄悄從後門離開，但聽說他的打鼾聲傳到樓下，所以不太可能……不過，從亥時到卯初一刻與他同席的，都是廣島藩的人。他們恐怕會包庇多武峰，對外採一致的說法。」

「不，這應該不可能。雖說同樣是廣島藩的人，但現場也有人看多武峰不順眼，不見得會保護他。」

江藤沉吟一聲，輕撫下巴。兩人穿過狹窄的小路，來到鴨川。寒風颼颼的河灘上不見半個人影。

「接著要去新發田藩邸吧？」

「對，離這裡有段路。」

師光朝逐漸濃雲密布的午後天空瞄了一眼，點了點頭。

在新發田藩的京都藩邸八張榻榻米大的客廳裡，師光與江藤兩人坐在三柳的正對面。

「您就是佐賀藩的江藤新平大人吧。」

三柳朝江藤一笑，說道：

「在下是新發田藩的三柳北枝，請多指教。」

面對恭敬地低頭行禮的三柳，江藤只是神色倨傲地說了聲「請多指教」。

三柳北枝是國學造詣深厚的勤皇派，是師光結識最久的同志。當初為師光引見五丁森的也是三柳。雖然三柳對武藝和英文一竅不通，但有不少公卿很賞識三柳在詩文方面的才華，儘管他只是「京都留守居副官」這樣的小差吏，卻能以非正式的身分，代表北陸諸藩列名出席新政府會議。不過，新發田藩至今尚未挑明是支持德川還是新政府，因此藩內重臣對三柳的出席頗有微詞，但新發田藩只是北陸的一個小藩，當然沒能力拒絕諸藩的邀約。

「抱歉，突然來訪。」

三柳連連搖頭，應道：

「我原本打算去三條的書店買漢籍，看天色不佳，才剛取消行程。」

三柳啜飲著熱茶。可能是夾在藩內對立中，常為此勞心勞力吧，他的面容憔悴，明顯露流疲憊之色。

「今日前來有何要事？」

三柳擱下茶杯，雙手靠向一旁的烤火盆取暖，如此詢問。師光躊躇一會後，緩緩開口：

「五丁森被殺了。」

三柳的臉色轉爲蒼白，像呼氣般逸洩出一聲「咦」。師光緊抿雙脣，微微點頭。

「此話當眞？」

「好像是昨天晚上遇襲。可能是遭多人斬殺，他身中無數刀。」

三柳半晌說不出話。客廳內只響起風吹動紙門的聲響。

「三柳大人，昨晚你做了些什麼？」

師光的身後突然傳來江藤等得不耐煩的聲音。

「昨、昨晚是嗎？昨晚我與對馬藩的重臣相約見面，應該是戌時（晚上七點）離開藩邸吧，然後在亞風亭一直待到亥時（晚上十點）。」

亞風亭是位於木屋町的一家料理店，也是師光他們常光顧的店家。江藤移膝向前，繼續追問：

「之後你可有順道去哪裡？」

「沒有，因爲剛好下雨，我叫了頂轎子，直接返回藩邸。不過……怎麼了嗎？」

江藤不發一語，搖了搖頭。

「我向門衛確認過，三柳子時（晚上十一點）前回來後，就沒再從大門離開。」

走出新發田藩邸的大門後，江藤對師光說道。

「不過，如果他走後門，便能在不被人發現的情況下離開藩邸……算了，之後再來想這個問題吧。這種一查就馬上露餡的謊言，料想他也不會說，我們先去跟對馬藩以及料理店的人確認一下吧。」

對馬藩邸位於河原町姉小路的十字路上，亞風亭就蓋在高瀨川沿岸的瑞泉寺旁，相距不遠。

「不，我們先去上社那裡看看。如果從這裡去亞風亭，會繞遠路。」

仰望向晚的天空，已染成一片藍，零星的白色星辰清冷地閃爍著。在刺骨的寒風中，兩人緩緩走在暗夜近逼的堀川沿岸。

「五丁森葬在東山的墓園，你們去上個香吧。」

上社緩慢挪動宛如小山般的高大身軀，如此說道。這裡是位於麩屋町押小路上的大垣藩京都藩邸內的一室。

「麻煩你處理這麼多事，真是抱歉。多武峰和三柳也都很吃驚。」

上社神色悄然地盤起雙臂，說道：

「像他這樣的人就這麼死了，實在可惜。」

一片沉默中，只有擺在烤火盆上的鐵壺發出滋滋聲響。師光瞇起眼睛，神情沉痛地凝視著上社。

大垣藩士上社虎之丞，雖然一副肥胖的身軀，讓人聯想到惠比壽（註），但師光知道，只要他揮起長槍，便會化身爲以一擋千的強者。在禁門之戰中，他擔任大垣藩的先鋒，一路將長州兵逼至伏見，身爲寶藏院流槍術的高手，在京都堪稱數一數二的人物。

上社不僅戰功彪炳，也說了一口流利的英語，甚至被派遣擔任英國人的口譯員，至今仍與五丁森維持互借洋書的關係。

「話說，昨晚鬧得眞大。聽說是被雷劈中，導致火藥爆炸是嗎？爲我帶路的人也說，竄起的火柱，連遠方的人也都看到了。」

是啊——上社苦著一張臉回答：

「大概是落雷燃起的火，延燒到倉庫裡的火藥砲彈吧。幸好有那場雨，藩邸才沒被燒毀，但倉庫幾乎被燒個精光。我是在戌時（晚上八點）吞了藥上床就寢，半夜聽見巨響而驚醒。那應該是丑時（凌晨兩點）左右吧，我急忙衝出房間，緊接著又傳來轟隆巨響和震動。仔細一看，倉庫的屋頂被炸飛，竄出火柱。哎呀，眞是嚇壞人了。」

與上社談完後，師光步出大垣藩邸的大門。江藤留在玄關，與一名男僕不知在說些什麼，想必是在確認昨晚上社進出的情況吧。

夕陽已落向山後，月亮東升，照亮了四周。師光猛然想起，從懷裡取出先前藏起的書信，藉著月光迅速看過一遍。

「這是……」

師光攤開那疊紙，僵在原地——被雨淋溼而略微變色的紙面，以流暢的筆跡寫著英文。

四

烏丸今出川旁的大聖寺宮後方，室町的十字路。在古色古香的町屋包夾下，一家名叫「松乃屋」的小飯館的包廂裡。混在一群喝酒喝得滿面通紅的男人當中，江藤與師光迎面而坐，吃著丼飯。

「上社說他昨晚待在藩邸，似乎所言不假。發生那場火災風波後，藩邸裡有人看到他。」

江藤大口嚼著湯汁相當入味的丼飯，這麼說道。

「話雖如此，也不能斷定他不是凶手。從大垣藩邸到五丁森的住處，走一小段路就到了。

註：七福神之一，模樣豐腴。

在發生火災的風波前，從後門溜出去行凶，再若無其事地回到自己房內，也不是什麼難事——

喂，鹿野，你在聽嗎？」

「咦？啊，我在聽。」

師光握著筷子，表情凝重，因江藤的叫喚而抬起頭。

「你是怎麼了？從剛才就一直不說話。」

「我一直在思考，但始終理不出個頭緒。」

師光低語，擱下筷子，從懷中取出那疊紙。正在吃炸南瓜的江藤，伸長脖子想看。

「那是什麼啊？」

「五丁森奉春嶽公之命寫的書信，是我從命案現場帶出的。恐怕就是這起案件的原因。」

咦——江藤一臉錯愕地說：

「鹿野，這麼重要的東西，你怎麼不早點……」

師光制止江藤的逼問，接著往下說：

「五丁森之前曾向我們說明，『近日內，春嶽公將造訪大坂城。我沒與他同行，留在京都監視薩長的動向，並奉春嶽公之命準備書信』。那是非戰派的春嶽公要前往德川的根據地，而命他寫的書信。薩摩藩和長州藩肯定很在意書信中的內容。」

江藤仔細打量著師光拿起的那疊紙，問道：

「那是現場遺留的書信？眞是乾淨，上頭根本連一滴血也沒沾到啊。」

說到重點了——師光將書信擱在桌上。

「這份書信有兩個特徵，一是如你剛才所說，沒沾上半滴血，二是書信的封面上清楚留下雨滴的水痕。擺放書信的書桌和窗戶有段距離，不可能是雨滴從窗外飄進來。事實上，擺在同一張書桌上的硯台是乾的。這麼一來，便能導引出兩個答案。開始下雨後，有人將書信帶出屋外。因此，至少五丁森遭人斬殺時，書信不在書桌上。」

江藤一邊伸手拿湯碗，一邊喃喃低語：

「換句話說，事情的發生順序是『開始下雨』、『書信交到凶手的手上』、『五丁森遭斬殺』，對吧？凶手先將書信收進懷裡，然後殺了五丁森，來到屋外……」

師光搖頭，應道：

「不是這樣。既然凶手先動書信，表示目的始終就是這封書信，至於暗殺五丁森一事，應該原本不在計畫中。凶手可能是用藥迷昏五丁森，再趁機偷出書信。用來下藥的酒壺和酒杯，留在流理台上。凶手恐怕在離去前已消滅證據。」

以筷子俐落地從湯料中的蜆貝裡夾出蜆肉的江藤，一副感到意外的表情望向師光。師光接著說：

「請試著想想，知道五丁森住處的只有我們四人，要是在那間客廳裡發現遺體，會率先懷疑到我們頭上，實在沒必要做出這種像在勒自己脖子的行爲。如果目的是要暗殺五丁森，只要先讓他昏倒，然後拖到屋外，在路上斬殺他就行了。如此一來，就有了『五丁森了介外出時，不幸遇上主戰派那幫人，遭到斬殺』這樣的劇本。然而，凶手沒這麼做。也就是說，這次的案件應該不是出於凶手的本意。」

師光再次拿起筷子，夾起一口飯送入口中。

「嗯，等等。」

若有所思地嚼著蜆肉的江藤，突然低語。

「說到底，爲什麼凶手要帶走書信？如果得知書信的內容才是目的，只要現場偷看不就行了嗎？看準五丁森昏倒的時機，迅速讀過書信，之後再向主戰派報告的話……」

「江藤先生。」

師光靜靜打斷江藤的話，說道：

「你猜這份書信裡寫了些什麼。」

「那是寫給慶喜公的書信吧？應該是要說服他，勸他別急著開戰吧。」

面對這突如其來的詢問，江藤略感困惑地回答。

師光緩緩搖頭，在江藤面前一口氣將那疊紙攤開來。看到上面寫的流暢英文，江藤不禁瞪大雙眼。

「這根本不是要寫給慶喜公的書信。」

江藤擱下筷子，神情凝重地接過那疊紙，迅速瀏覽一遍。

「前往大坂城的不是信使，而是春嶽公自己。既然能當面和慶喜公談話，爲何還要命五丁森寫書信呢？這書信要寄送的對象是……」

「英國公使巴夏禮！」

江藤發出一聲低吼。師光嚼著塞滿嘴的日式炸蝦，點了點頭：

「春嶽公的目的，不光是要和慶喜公見面。牽制目前留在大坂城，想煽動德川開戰的那個男人，也是他的目的之一。不過對方是英國公使，和慶喜公不同，就算實際見面，彼此也有語言的障礙。另一方面，五丁森聰慧過人，又能直接與各國公使辯論，不需要透過口譯員。春嶽公可能是心想，與其透過口譯，由他自己來說，還不如讓五丁森直接寫文章，會更有效果吧。」

凝視著書信的江藤，猛然抬起頭說：

「這表示……」

「……沒錯。由於凶手無法當場理解書信的內容，所以只能帶走書信，拿給他要告密的對象看。」

江藤雙手用力一拍，說道：

「如果凶手有足以爲英國商人擔任口譯的能力，就沒必要大費周章地帶走書信，當場就能解讀吧。」

師光緩緩閉上眼，微微頷首：

「凶手讓五丁森睡著後，經過一番苦思，心裡估算他一直到早上都不會醒來，於是帶走書信。沒想到五丁森比預定的時間提早醒來，凶手返回時撞個正著。雖然五丁森是新陰流的高手，但在醉意未消的情況下，無法隨心所欲地揮刀，就這樣與對方展開廝殺。」

「不，等等。不太對。」

江藤馬上否定。

「在帶著書信的情況下廝殺，既然血花都飛濺到那麼遠的地方，就算對方將書信放在懷中，應該也會被血染髒才對。可是，書信上連一滴血跡也沒有。」

江藤將書信遞到師光面前。

「可是，這樣的話……」

沒理會困惑的師光，江藤低喃著「原來如此」。

「這麼一想，就說得通了。凶手將書信送回時，五丁森已斷氣，客廳裡一片血海。也就是說，帶走書信的奸細，與斬殺五丁森的凶手，是不同人。」

「你說什麼？」

師光一臉驚訝地望向江藤。江藤仍盤著雙臂，頻頻點頭：

「爲什麼沒早點發現這件事呢。只要想到那把短刀，一切就再明顯不過了吧。」

江藤鬆開雙臂，伸手去拿茶杯。

「鹿野，你應該還記得吧，五丁森的短刀上不是沾有血和油脂嗎？上頭沾了血，表示至少他曾揮著短刀抵抗，理當會讓襲擊者負傷才對。」

「可是，那三人都不像有受傷的樣子。」

「所以啊……」

江藤瞇起眼睛，說道：

「用那把短刀斬殺五丁森的是——五丁森了介他自己。」

五

在又大又圓的滿月照亮京都的夜晚，師光在麩屋町通白山社的鳥居下等人。

師光身穿紅豆色短外罩和裙褲，腰間插著蛋殼塗鞘的長短刀。他雙臂盤胸，雙手套著平編的手套，脖子上圍著羽二重（註）的圍巾。無風的清冷空氣中，師光閉著眼睛，宛如一尊石佛，一動也不動。

更深夜重，遠處的六角堂鐘樓，告知現在已是子時（凌晨十二點），但他等候的人仍未出現。師光不時會像突然想起般，重新盤起雙臂，閉上眼靠向鳥居——如此一再反覆。

不知等了多久，當明月開始往西邊的天空傾沉時，月光照得白亮的麩屋町通北邊，突然傳來一道腳步聲。好似受那草屐的步履聲引誘，一陣寒風竄過深夜的大路。師光的短外罩下襬微微隨風飄盪。

師光緩緩睜開眼，眼前站著一道手提燈籠、頭戴草笠的人影。

「抱歉，突然找你出來。」

師光朝人影笑道。

「關於五丁森的命案，有件事我無論如何都想跟你確認一下。我們邊走邊談吧。」

師光離開鳥居，緩緩邁步。男子默默跟在他的身後。

兩人都沉默不語，並肩沿著麩屋町通往下走。師光微微低頭，男子則是直視前方，慢慢走著。

越過六角通的十字路後，師光才緩緩開口：

「三柳，斬殺五丁森的人是你吧。」

他腦中清楚浮現昨晚與江藤展開推理問答的情景。

「偷走書信的人是三柳北枝。」

江藤如此斷言，師光默默點頭。

「從書信上的雨滴痕跡來看，偷走書信是開始下雨的亥時（晚上十點）以後的事。多武峰能自由行動的時間是在那之前，如果他是凶手的話，會產生矛盾。」

江藤說到這裡停頓片刻，喝了口茶，發出啜飲的聲響。

「只剩其他兩人有嫌疑。三柳從料理店返回，是子時（晚上十一點）後，如果是在上社就寢的戌時（晚上八點）到發生火災的丑時（凌晨兩點）這段時間內，就有可能溜出藩邸，前往五丁森的住處。但如果是懂英文的上社，應該不必帶走書信，直接就能當場解讀。從兩人當中又刪除一人，只剩最後一人了。換句話說，凶手是三柳。」

「咚」的一聲，江藤將茶杯放回原位。

「透過奸細三柳的報告，薩長的主戰派那幫人得知書信的存在，於是命他偷看書信的內容。但近期書信一直都沒離開過五丁森手邊。眼看期限逐漸逼近，那天晚上，彷彿要回應三柳的焦急般，京都下起了大雨。三柳心想，如果是這樣的傾盆大雨，想必沒人會來拜訪，決定從

註：一種正絹布料，表面光滑柔軟，像羽毛一樣輕。

後門溜出藩邸，獨自前往五丁森的住處。接著他下藥讓五丁森昏睡，想偷看那份書信……然而，這時發生了意想不到的事態，文章竟然是以英文寫成。」

江藤豎起食指，比向書信。

「爲什麼寫給慶喜公的書信是用英文寫成呢？稍微想一下，或許就會發現那是寫給巴夏禮的信，但當時三柳沒有這樣的從容。無論如何，他都得知道信中的內容。因爲不可能光憑一句『上面寫的是英文，我看不懂』，就能交差了事。要抄寫陌生的文字，也不是件容易的事。三柳必須拿這份書信給主戰派那批人看。要留下昏睡的五丁森，帶著書信離開，他或許心裡有點抗拒，可是一時也沒其他方法。他將書信收進懷中，便冒雨跑去見主戰派那幫人。」

「而當三柳回來時，五丁森已切腹了是嗎？這怎麼可能！」

師光喊道。

「不過是一份書信被偷了，怎麼可能爲此切腹！」

「不是這樣的。」

江藤揮手打斷師光的話。

「如同你說的，五丁森想必是比三柳預料的更早恢復意識。造成此事的契機，可能是丑時（凌晨兩點）左右，落向大垣藩邸的雷擊。那震天撼地的轟隆聲和衝擊，就算五丁森被下了藥，應該也足以讓他醒來了。」

店裡的姑娘戰戰兢兢地走來，將吃完的空碗收走。

「不知道五丁森醒來後，對眼前的狀況了解多少。他想必已發現三柳不見蹤影，但要意識到書信遺失，可能沒那麼容易……這也是理所當然，因爲他馬上又受到第二次衝擊。」

「第二次？」

「落雷引發的大火，延燒到砲彈，導致大垣藩邸的倉庫被炸飛的聲響。」

江藤很肯定地說道。

「面對接連的轟隆聲和衝擊，五丁森搖搖晃晃，勉強來到屋外。此時映入他眼中的，是御所所在的北方竄起高大的火柱，以及撲鼻而來的濃濃火藥味。尚未完全酒醒的五丁森，會如何看待眼前的景象呢？」

師光的臉色驟變，回應：

「難道……」

「沒錯。那不就和三年前的禁門之戰是同樣的光景嗎？他一時誤會，以爲終於和德川開戰了。」

師光頓時無語。江藤繼續往下說：

「五丁森說過，爲了這個國家好，唯獨德川與薩長之戰無論如何都得避免。然而，這場戰爭終於還是爆發了。這幕光景讓無法正常判斷的他感到絕望，已足以令他自我了斷。」

「如、如果是這樣的話，他的遺體爲什麼會被砍那麼多刀……？」

師光像要趨身向前般，向江藤逼問。

「我不認爲是剛好有人前來，朝屍體連砍多刀。因爲刻意將自殺的屍體僞裝成是他殺，根本沒有意義。不過，這對三柳來說，卻有很重要的意義。」

江藤正面回望雙目圓睜的師光。

「再度返回的三柳，想必很驚訝吧。當時他約莫是心想『五丁森重要的書信被偷，覺得自己該爲此負責，而切腹自盡』。人們不會毫無來由地切腹。發現五丁森屍體的人，應該會疑惑『五丁森爲什麼要切腹？』。爲了避免引起這樣的懷疑，就算凶手的身分會因此被鎖定，三柳也絕不能放著屍體不管。」

江藤重重吐出一口氣，做出結論：

「聰明的人會藏小石頭於海濱，藏樹葉於森林。如果沒有海濱、沒有森林，就加以打造——跟這是同樣的道理。要隱藏傷痕，就要隱藏在傷痕中。如果想隱藏遺留在屍體上的切腹傷痕，只要在屍體上再多添幾道刀傷即可。這就是三柳在五丁森的屍體上連砍多刀的眞正原因。」

「當時我整個人都慌了。因爲我萬萬沒想到他竟然會切腹。」

聽完師光的推理後，三柳事不關己似地說道。

「……你把書信放回去，是爲了不讓人懷疑你嗎？」

對──三柳坦然應道：

「看到那染滿鮮血的客廳時，我腦中率先浮現的情節是『薩長終於查出五丁森了介的藏身處，派來了刺客』。幸好，有人想取五丁森先生性命是眾所皆知的事實。要是從現場拿走書信，反倒更引人注目。我想讓五丁森先生的死和書信沒半點關聯，所以才收拾酒杯，在門上製造刀痕，做了些安排，但最後果然還是行不通。」

三柳停下腳步，展開雙臂。

「你找我出來，是想做什麼？」

「告訴我理由。」

師光的話聲響遍四周。

「我認識的三柳北枝，絕不是一個會背叛同志的男人。爲什麼你會做出這種事？說一個我能接受的理由。」

三柳回以冷笑。

「如果我說是爲了錢呢？」

「我就當場斬了你……」

師光以拇指推向刀鍔，長刀微微離鞘。

「你有這個能耐嗎？」

三柳嘴角輕揚。下一瞬間，三柳將燈籠拋向一旁，從腰間的黑色刀鞘拔刀，朝師光的前額一刀斬落。

師光向後退開半步，同時拔刀揮出。師光的刀刃在月下寒光閃動，朝三柳胸前劃出一道刀口。須臾過後，鮮血噴飛。

「果然厲害。」

迸散的血染紅了四周，三柳雙膝一軟，跪在地上。被他拋在一旁的燈籠，火舌像在舔舐地面般，延燒開來。

「你明知打不過我！」

師光握緊長刀，如此吼道。三柳以刀尖抵著地面，勉強支撐身體。師光沒將刀上的血甩除，便粗魯地還刀入鞘。

「爲什麼要做這種傻事！」

三柳低著頭，呵呵輕笑。

「如果不這麼做，你怎麼忍心下手砍我？」

三柳痛苦地喘息著，啞聲說道。

「因爲鹿野先生人太好了。」

此刻師光感覺像被人賞了一耳光。三柳的刀尖一滑，整個人倒臥在血泊中。師光急忙跑過去，扶起他的上半身。

「背叛朋友的罪，我非承受不可……」

從嘴角溢出的鮮血，逐漸將三柳白皙的喉嚨染紅。師光馬上拔出插在腰間的短刀，抵向三柳的脖子。爲了不讓他繼續受苦，要幫他介錯（註）。

這時，某個想法從師光腦海掠過。

三柳以爲五丁森是因書信被偷而引咎切腹，爲了不讓人看出眞相，朝屍體砍了無數刀來掩飾——江藤的這個推理，師光一直無法接受。因爲只要將引發問題的書信放回客廳，發現屍體的人未必能將五丁森的切腹與書信聯想在一起。他不認爲三柳會忽略這一點。

該不會有其他原因吧？師光心中隱隱抱持的這個疑問，在白刃抵向三柳的脖子時，突然迸發開來。

師光發現，遺留在五丁森屍體上的傷痕，該不會是不擅長握刀的三柳，想爲五丁森介錯時所留下的刀痕吧？

註：有人切腹時，爲了助其解脫痛苦，而斬下其首級的行爲，稱爲「介錯」。

三柳回到麩屋町通的町屋時，五丁森已切腹。但如果他還沒斷氣，會是怎樣的情形？面對渾身是血、在奄奄一息的狀態下痛苦掙扎的同志，三柳馬上拔刀，想將他從痛苦中解放。然而要砍下人頭並不容易，就算要一刀貫穿胸膛，對方因劇痛而不斷扭動掙扎，難度也相當高。平常就不習慣握刀的三柳，面對這種情況，還是想助其解脫，多次揮刀斬落，結果留下好幾道刀傷。

「當時我很害怕。」

在急促的喘息下，三柳氣若游絲地說道。

「當五丁森先生不再動彈時，我突然害怕起來，心想絕不能讓人知道我犯下的罪。猛然回神，我發現自己不斷地在大門前留下刀痕。」

「是誰命你這麼做？教唆你的人是誰……」

師光顫抖著緊握短刀，聲嘶力竭地說道。三柳無力地搖頭。他的身體在師光的臂彎裡逐漸變得冰冷、沉重。

「像新發田這種小藩，爲了生存，這也是……不得已……」

鹿野先生——三柳漸顯蒼白的臉轉向師光，輕聲叫喚。

「請代我跟大家說一聲……對不起。」

「找了你好久。」

晨光初現的麩屋町通，師光低著頭行走，突然聽見叫喚聲。他緩緩抬頭，只見一名熟悉的男子站在面前。

「江藤先生……」

江藤新平緩緩朝師光走近。

「看來是結束了。」

江藤瞥向師光那滿是血汙的短外罩，如此說道。

「對，一切都結束了。」

師光只應了這麼一聲，緩緩仰望天空。淡紫色的天空中，高掛著銀白色的朦朧殘月。

「看你一臉痛苦，該不會是感到後悔吧？」

江藤突然冒出一句，感覺話中帶刺。

「三柳背叛同志，而且爲了自己在屍體上砍了好幾刀喔？斬了這種狼心狗肺之人，有什麼好後悔的？」

「我不知道，只是……」師光無力地搖搖頭，「我失去了重要的朋友，這是無法改變的事實。」

江藤似乎很受不了他，冷哼一聲。

「你實在太天真了。既然犯了罪，就非受罰不可。你又沒做錯事，有什麼好苦惱的。」

師光大吃一驚：這個男人該不會是在關心我吧？

「謝謝……」師光悄聲說道。

天色漸亮的天空下，兩人踩著冰冷的土地，走在空無一人的街道上。

走過佛光寺通的十字路時，江藤猛然想起般說道。

「啊，對了。」

「有件事得告訴你。鹿野，江戶的薩摩藩邸被燒毀了。」

師光停下腳步，望向江藤。

「一直想方設法要製造開戰藉口的薩摩藩，在江戶不斷搶劫掠奪，向德川方面挑釁，這事你應該也知道吧？」

薩摩藩將全國的浪人集中在位於江戶三田的藩邸，唆使他們對幕府官差和親德川家的商人施暴或縱火，此事師光也有耳聞。

「忍無可忍的昔日幕臣，終於對這樣的挑釁展開回擊。薩摩藩邸遭到砲擊，據說有人傷亡。這場風波已無法平息，就要開戰了，而且是一場大戰。」

「這樣的話，五丁森之前費心所做的一切……」

師光閉上眼，重重嘆了口氣。

「鹿野。」

一旁的江藤再次叫喚師光。嗓音清亮，但能感受到他堅定的意志。

「我想去江戶。」

師光不禁轉頭望向江藤。江藤面向前方，剛硬地接著說：

「戰事會先在京坂一帶展開，但絕不會就此結束。戰火終究會延燒至江戶，接著那裡將化爲什麼都不剩的一片焦土。在那之前，我想看看存放在江戶城裡的典籍文獻。我原本是想解決五丁森遭殺害的命案，以此爲伴手禮，在太政官(註)裡打響名號。可是一旦開戰，就無法指望了。現在該思考的是戰後的事，所以——」

江藤猶豫了一會後，清晰地繼續道：

「你要不要跟我一起去？」

江藤這才轉向師光。約莫是朝陽的緣故，他蒼白的臉龐顯得比平時更白了。

「不管結果如何，德川幕府終究構築了長達二百年的太平盛世。就算今後展開新的政局，這套手腕也絕不會白費。而對其研究調查的工作，只有我和你這般腦袋靈光的人才能勝任。像打仗那種事，交給薩長那些鄉下武士就行了。」

註：明治初期的政府中樞機關。

兩人注視著彼此，不發一語。半晌後，師光倏然移開視線。

「謝謝你的邀約，不過……」

此事連師光自己也覺得不可思議，不禁莞爾。

「我要留在京都。我想留下來，京都還有些事等著我去做。」

江藤別過臉，一副漫不在乎的神情，回了一句「這樣啊」。

「既然如此，你就去做你該做的事吧。我也會做我該做的事。」

江藤留師光在原地，再次緩緩邁步。

「還會再見面嗎？」

望著江藤遠去的背影，師光突然開口問。江藤背對著他，一貫冷淡地回答：

「如果你想見面的話。」

彈正台切腹事件

「京都下賀茂村，彈正台京都分台，大巡察澀川廣元慘遭破腹穿喉一案，澀川之死疑點重重，但發生慘事之書庫封鎖嚴密，若爲他殺，凶手又是如何於殺害澀川後從書庫脫身？此事益發離奇難解，欲查明眞相，想必困難重重。」

——出自《太政官少史　鹿野師光報告書》

一

「你的意思是，要我當奸細嗎？」

寬大的西洋桌對面，澀川廣元苦著一張臉。江藤新平雙肘扗在桌上，十指在面前交握。

「因爲從內部逐一瓦解，是最快的方法。在我擬定的計畫中，你們彈正台的存在實在很礙事。這也是沒辦法的事。」

「說什麼蠢話啊！」

澀川氣得下巴的肥肉顫動，猛然站起。一名守在房內角落，身穿短外罩搭裙褲的男子——警備隊隊長本城伊右衛門走近，伸手搭在澀川肩上說「請保持肅靜」。

澀川瞪著本城，將他的手甩開，轉身面向江藤。

「我不知道你是太政官的官吏還是什麼的，但如果你以為在京都可以這樣為所欲為，就大錯特錯了。說到底——」

「你從井筒屋那裡弄來了多少錢啊？」

江藤一問，澀川頓時語塞。

「還有大丸屋、高島屋，以及龜屋和郡內屋。這些都是你派地痞流氓去勒索的店家。這裡還有字據，別說你不知道。」

江藤從懷裡取出一張紙片，在澀川面前晃動。澀川臉色蒼白，瞪大眼睛，以和那矮短肥胖的身軀很不搭調的敏捷動作，想從江藤手中搶下字據。

本城比他快了一步，朝榻榻米上一蹬，轉身迅速掃出一腳。澀川馬上單手撐向地面，還是餘勢過猛，臉部撞向榻榻米，發出一聲巨響，跌倒在地上。

「澀川先生，請自重，別輕舉妄動。」

澀川不禁嘖舌，站起身，右手拂去弄髒手和臉的塵埃。

「似乎是在事情鬧大前，由彈正台巧妙將事情壓下，卻沒好好收尾。」

澀川將本城推開，神情傲慢地再次坐回椅子上。

「……說吧，你想要我辦什麼事。」

「眞是上道，這樣我省事多了。」

江藤微微一笑，接著說：

「我正在查横井小楠與大村益次郎暗殺事件的相關資料——聽我這麼說，你應該大致知道是什麼事了吧？」

澀川冷哼一聲：

「那可是沒人想扯上關係的案件。」

「不過，你已沒有拒絕的選項。」

你想得太美了——澀川冷笑道：

「我還是不想沾惹這件事。如果你想告我，就隨你便吧。」

澀川正要起身，江藤說了一聲「請留步」。

「當然，如果你幫我的事傳了出去，想必你會無法全身而退。因此，若是你願意幫忙，我可以幫你在太政官裡安插一個位子。」

澀川注視著江藤，江藤也正面回望。

「這種事你眞的有辦法做到嗎？」

「當然，你以爲我是誰啊。」

澀川沉默不語，想必是在心裡打著算盤。

「如何？對你來說，這應該是不錯的提議。」

過了一會，澀川臉上浮現低俗的笑意，再度坐下。

「雖然不是很情願，但我接受你的提議……不過，安排太政官位子一事，你千萬別忘了。」

這是當然——江藤如此應道，雙手一拍。收到這個暗號後，原本退到房內角落的本城，拿出夾在腋下的的書信盒站起。

「謹慎起見，我方備有誓約書。你會從彈正台內部取出相關資料，送交給我，我會代爲說項，雙方立下約定的字據。我會在上面簽名，希望你也簽名。」

本城從書信盒中取出毛筆和硯台，接著取出一張紙，擺在澀川手邊。

「眞是準備周到啊。」

澀川右手伸向毛筆，露出詫異的表情說道。

「我就當你是在誇讚吧。」

江藤回應，語氣柔和了些。

「果然如江藤先生所料，一拿出太政官的位子來釣他，他的態度馬上轉變。」

目送澀川離去的背影，本城低聲說道。

「像那種只會耍小聰明的傢伙，只要拿誘餌掛在他們面前，通常都會馬上變節。」

江藤單手托腮，深感無趣地應道。

明治三年（一八七〇）秋天，地點在京都，面向下長者町通的京都府廳內的一間辦公室。平時江藤都在東京丸之內的官廳進行法律制度的研究與規畫，展現過人的手腕，這次他隻身前往京都，背後當然有其原因。不為別的，就是為了設立江藤期盼已久的司法省。

明治三年的日本，正逐漸被打造成一個中央集權的國家。然而，依據全新的太政官制，行政和立法的定位逐漸確立，唯獨司法一直往後推遲。

當時司法權大多分散在各個機關。地方的司法權掌握在各地的知府事（註）手中，中央有刑部省與彈正台。雖然同樣是司法權，但主要掌管司法警察和審判的刑部省，與主軸擺在行政監察上的彈正台，兩者在管轄上有微妙的差異，麻煩至極。

將分散的司法權整合為一，並從行政中獨立——江藤深信這才是邁向法治國家的第一步，對他來說，讓滿是陳規陋習的制度煥然一新，是當務之急。

然而，事情沒這麼容易推展。就算想將刑部省與彈正台合併，但彈正台在政府當中可說是最令人鄙夷的守舊勢力集合體，他們只會反抗，不可能會協助江藤瓦解自身的勢力。因此，為

註一：明治太政官制度下的官職名。為府的長官，亦即日後的府知事。

了利用其弱點來瓦解彈正台，江藤的第一步就是隻身一人前往京都。目的是對彈正台京都分台展開搜查。

京都陸續有兩名官員死於暗殺者的凶刃下，擔任參與(註)的橫井小楠於去年一月命喪寺町通，擔任兵部大輔的大村益次郎於同年九月魂斷三條木屋町的旅館。

推動革新政策的兩人遭到暗殺，對外聲稱犯案者是反政府的攘夷派浪士，但其實是最排斥「新事物」的彈正台官員暗中命人下手，此事在東京傳得沸沸揚揚。

抵達京都後，令江藤吃驚的是保守勢力的霸氣。反抗政府的開國和親政策，動不動就想用腰間的佩刀來解決事情的地痞無賴，囂張跋扈地在市町昂首闊步。而本應加以取締的彈正台，竟背地裡教唆他們作惡，簡直是無法無天。

因此，江藤想利用這樣的現狀。他想仔細調查浪人們與彈正台之間的掛勾，從中查出他們與去年的暗殺事件之間的關聯，及其不公不義的行徑，向東京政府報告此事，讓他們接受懲罰，解散組織。

這肯定是一場危險的賭注。要是正面與彈正台爲敵，有再多條命都不夠。不過，暗中偷偷行動，不合江藤的個性。所幸維護府內治安的警備隊與彈正台向來水火不容，江藤獲得他們的協助，最後終於找到一名容易拉攏的貪汙官吏。此人就是澀川。

本城靠向辦公桌，低頭看著那墨跡未乾的誓約書。

「此人是牆頭草，眞的能派上用場嗎？」

「這就是問題所在。」

江藤雙手環向腦後，整個人靠著椅背。

「如果只是取出案件紀錄，他可能辦得到，不過，要用他當奸細，查探彈正台內部的情況，應該沒那麼容易。他沒那樣的膽量。」

「如果要查探的話，您鎖定的對象是誰呢？」

「大曾根一衛。」江藤不假思索地應道。

「他的惡名都傳到東京了嗎？」本城神色凝重地問。

「由於大村遭殺害，長州那幫人很認眞調查此事。不論是橫井還是大村，唆使行凶的人恐怕都是大曾根。因爲他似乎是徹頭徹尾的攘夷主義者……但沒有確切的證據。爲了瓦解彈正台，這個男人非處理不可，卻始終無法抓住他的小辮子，沒辦法鬥垮他。」

「他是個危險人物。」

本城不屑地說道。

「完全不懂他在想什麼，是個像蛇一樣陰沉的傢伙。澀川想必完全不是他的對手。」

註：明治時期的新政府設立的官職。

「整個京都可說是大曾根的庭院。他四處放了許多密探，發現我們的行動只是時間早晚的問題。不，也許已慢了一步。」

江藤起身，邁步走向緣廊。清澄的陽光照射庭園，微帶紅黃的初秋樹葉隨風搖曳，垂落布滿青苔的石板地。

「逮捕澀川的手續要繼續進行。」

江藤感受著沙沙風聲拂過耳畔，若無其事地說道。

「眞的可以嗎？」

「當然。」聽見本城微感意外的詢問，江藤緩緩轉頭望向他。「不管結果爲何，一利用完澀川，就將他押進大牢。」

「明白……」

本城行了一禮，快步退下。

江藤的視線再度移回庭院，有個紅色東西掠過他的視野。他受到吸引，轉頭望去，發現有片紅葉在空中旋繞飛舞。

「已過三年了吧。」

江藤脫口低語。與此同時，先前在戊辰戰爭（註）即將爆發前，在京都邂逅的那名男子的面容浮現心中。

「不知他現在是生是死。」

江藤靜靜望著那隨風飛舞，飄然落在木板地上，色澤鮮豔——宛如塗了鮮血般的落葉。

在太政官內任職的江藤，爲了起用某個男子當形同自己左右手的部下，多方追查他的行蹤。然而，就算派人到男子出身的名古屋藩廳搜尋、派人到男子昔日離別時說會留下來的京都找尋，也都杳無音訊。

吹過庭院的風，令江藤的頭髮搖曳。江藤像要甩除什麼似地用力搖頭，返回室內。

「澀川被解決掉的情況，或許也得先考慮在內……」

他再次面向辦公桌，手抵前額，開始思考下一步該怎麼走。

兩天後，沒想到江藤的擔憂成眞。蓋在賀茂川畔的彈正台京都分台的一室裡，澀川廣元化爲一具淒慘的屍體，被人發現。

註：日本幕末時期，在王政復古中成立的明治帝國政府擊敗江戶幕府勢力的一系列內戰。

二

「屍體在衙門內的書庫被人發現。」

在分配給江藤的府廳辦公室裡，本城看著手上的案件概要，繼續報告。

「屍體的腹部和喉嚨被劃破，現場沒找到遺書。」

江藤盤起雙臂，不發一語地聆聽報告。

「發現者是彈正台的數名職員，其中包含大曾根。察覺有異味的職員破門而入，發現已斷氣的澀川。」

江藤納悶地抬起臉，問道：

「你剛才說『破門而入』，意思是門上了鎖嗎？」

「不，書庫用的是拉門，但似乎從書庫內側用頂門棍頂著。」

「書庫內有窗戶嗎？」

「裡頭的牆壁上有一扇採光用的高窗。但窗上嵌著十字形的竹格子，看樣子無法進出。」

江藤沉吟著，接過本城遞出的紙張。

「出入口是由內部封住，看來，澀川應該是自己切腹吧？」

「那傢伙像是會自殺的人嗎？」

江藤不悅地嘖舌，接著道：

「他是被大曾根殺了。」

昨天傍晚，彈正台向府廳通報澀川橫死一事。江藤透過本城得知此事，爲了回收屍體和確認案發現場，馬上派本城前往彈正台。然而——

「這是發生在彈正台的案件，無須警備隊出手。」

本城率領部下火速前往，等著他的卻是一頓閉門羹，以及彈正台職員冷漠的回應。本城強硬地與職員理論，但畢竟是地方府的保安隊對上太政官直屬的機構，最後本城的抗議無效，只勉強拿到案件概要，怒氣沖沖地返回府廳。

「說到底，澀川是否眞是切腹而死，這點也很可疑。」

江藤拿起案件概要，繼續道：

「這些全是彈正台單方面的說法。本城，連你也沒確認過屍體和命案現場吧？當然無法排除他們扯謊的可能性。」

「我也這麼認爲，但這事有證據。屍體的發現者當中，有一名當天剛好以客人的身分前往拜訪大曾根的男子。我喚來那名男子查問，可是發現屍體時的情況，與我問出的內容完全一致。」

江藤瞇起眼睛，應道：

「眞是可疑。如果是大曾根的朋友，他們極有可能串供。更重要的是，案發當天剛好有訪客到來，未免太巧了。」

「我讓那名訪客在府廳內的一個房間待命，江藤先生要親自偵訊嗎？」

江藤低頭看著案件概要，點了點頭。

「明白，那我就將他帶來這裡。」

「順便問一下，對方是個怎樣的人？」

「是個模樣窮酸的浪人。聽說原本是尾張藩士，姓鹿野。」

江藤頓時停下翻動報告書的手。

「好久不見。」

隔著寬大的西洋桌，鹿野師光尷尬地開口打招呼。江藤雙臂盤胸，默默注視著他。

「我眞是太驚訝了。聽說太政官的官員親自調查這起命案，沒想到竟是江藤先生你。」

師光穿著紅豆色短外罩搭裙褲，腰間插著蛋殼塗鞘的長短刀。一樣留著總髮，束於腦後，與三年前相比，面容多了幾分憔悴，是因爲黑眼圈的緣故嗎？

「看你氣色不錯，眞替你高興。不過，你爲什麼會在京都？」

「這是我要說的話才對。」江藤以指尖敲打著桌面，「爲了找你，我費了好大一番工夫。這段時間你到底在哪裡？」

師光不禁瞪大眼睛。江藤手肘拄著桌面，十指在面前交握。

「到太政官裡任職後，我大爲吃驚。那裡全是沒有才能又驕橫跋扈，根本無法共事的蠢才。」

他定睛注視著師光，補上一句「所以我才要找你」。

「我先派人去名古屋，但沒找著，又派人到京都，可是你一樣沒在那裡。鹿野，早在一年前我就準備好你的位子了。薩摩藩和長州藩那邊，我也都談好了。」

「因、因爲我浪遊去了。不過，你提的這件事，該怎麼說好呢……」

師光露出陰鬱的表情，目光游移，江藤狐疑地緊盯著他。

「怎麼？都走到這一步了，你該不會要拒絕吧？」

「江藤先生，非常感謝你的邀約，但……」

師光抬起臉，似乎心意已決。

「我無法接受你的提議。」

這次換江藤無言了。

「……此話當眞？」

師光默默垂下目光。江藤雙脣緊抿，鼻翼翕張。

「你該不會是在意我們兩人的身分高低吧？」

三年前，師光在京都太政官裡爲官，當時江藤只是剛到京都來的浪人。然而，如今兩人的立場互換。

「我並不看重這種事。」

師光搖頭，江藤益發疑惑。

「那麼，是家裡的因素嗎？」

「我沒有妻小。父母在我九歲那年就辭世了。」

「這樣的話——」

「不是的，江藤先生。我是個已無用處的男人。」

江藤不自主地想起身，師光急促地往下說，不讓他反駁。

「上一場戰爭結束時，我的工作就已結束。事到如今，我無意重回政治舞台。接下來是你們的工作了。」

「這種事不是你說了算。」

江藤怒吼，師光不發一語地搖了搖頭。

「抱歉，打擾了，我看兩位的談話似乎偏離了正題。」
房間角落響起一道聲音。是默默守在一旁的本城。
「恕我僭越，江藤先生，當務之急，應該是先調查澀川的案子吧？」
「不用你說我也知道。」
江藤瞪了本城一眼，粗魯地往椅子坐下。
師光再度率先開口：
「我們換個話題吧。爲什麼你會在京都，而且在調查彈正台的案件？」
江藤瞪著師光，「想知道嗎？」
「我沒勉強你說。」
江藤緩緩說道：
「鹿野，我想在東京設立司法省這樣的機構。」
江藤毫不猶豫地訴說自己的構想。師光略微低頭，靜靜聆聽。
「因此，我原本是打算讓澀川當奸細，從彈正台內部去瓦解他們，如你所見。」
師光呵呵輕笑。
「確實像是江藤先生會擬定的計畫。情況我明白了，我很樂意助你一臂之力。」
不過——師光的臉色微微一沉：

「就我所知，大曾根先生確實相當可疑。」

江藤再度轉爲嚴厲的眼神，問道：

「你和他是什麼關係？」

「以前他非常照顧我……」

師光重重嘆了口氣，娓娓道出昨天發生的事。

三

鹿野師光在陽光照不進的狹小房間等人。

他坐在榻榻米上，望向外頭。敞開的紙門外，是武家宅邸樣式的寬廣庭園。原本應該是講究美觀的庭園，但可能是長期擱置，現已荒廢。枝椏橫生的巨松呈現褐色，完全乾枯，恣意生長的毛金竹也沉重地搖晃著泛黃的莖幹。師光想起爲他帶路的職員說過，這裡原本是京都所司代（註一）的外宅。

「流水東逝無止息（註二）是吧。」

師光望著飄落的細竹枯葉，喃喃低語。

自從戊辰戰爭開戰後，原本極力四處奔走，懇求能保住德川慶喜一命的師光，在兩年前的慶應四年（一八六八）二月離開京都。趕在於鳥羽伏見大敗舊幕府軍的薩長大軍挺進江戶前，師光懷裡帶著前尾張藩主德川慶勝的書信，沿著東海道一路往東而行。目的只有一個，就是以尾張藩特使的身分，造訪駿河等幹道沿線諸藩，說服他們歸順新政府。

倘若東海道的戰事再持續下去，戰火將不會平息。師光深信，唯有對東海諸藩有強大影響力的尾張藩，能阻止這場戰爭。

進入三月後，東征軍終於來到江戶。東征軍參謀西鄉吉之助（西鄉隆盛）與幕府的陸軍總裁勝安房守進行會談後，就在即將展開江戶總攻擊前，於三月十四日喊停。江戶總算免於遭受戰火蹂躪，然而無人知曉此事背後有個大功臣，他化解了這趟東征之路上的戰事，最後讓薩長起了寬容之心。非但如此，新政府還對身為御三家（註三）之首，至今仍擁有強大軍事力的尾張抱持疏遠的態度。尾張藩也因出力協助薩摩藩和長州藩，遭德川方面冷眼看待。當戰事結束，

註一：幕府在京都的代表，負責幕府與朝廷的交涉，向朝廷傳遞幕府的指示，此外也負責京都治安，後來在明治年間廢除。

註二：《方丈記》開頭的文句。喻人世變化無常，永無休止。

註三：除德川將軍家以外，德川氏中擁有幕府將軍繼承權的三大旁系，分別為尾張德川家、紀州德川家、水戶德川家。

迎接新時代的到來時，師光在新政府內竟無容身之處。

江戶躲過戰火浩劫，師光看了一眼初春的景致後，便開始漫無目的地流浪。北起會津，南至福岡。這次會來到京都，也是旅行途中順道前來。

原本的目的是要到昔日老友位於黑谷的墓碑前上香，但他在歸途中聽到傳聞。據說舊識大曾根一衛任職於彈正台京都分台。

此行除了墳前上香外，沒其他要事的師光，想去問候一聲，於是往彈正台衙門所在的洛北下賀茂村前進，順便在懷念的京都走走逛逛。因爲是突然登門拜訪，他已事先做好吃閉門羹的心理準備，沒想到請人通報後，就直接請他入內，然後一等就等到現在。

不知是第幾次強忍哈欠時，突然傳來隔門開啓的聲響。師光轉頭一看，只見一名穿黑色長外罩、正值壯年的男子。

「好久不見。」

師光手指點地行禮，轉身面向男子。

「久違了，師光。」

大曾根一衛衝著他一笑。

「聽人通報提到你的名字時，我嚇了一跳，還以爲你早就橫死路旁了，這不是好端端的嘛。」

大曾根悄然無聲地走過榻榻米，在師光面前跪坐下來。

「大曾根先生才是一點都沒變，眞替您高興。」

師光展露歡顏，大曾根朝他點了點頭。

土佐的脫藩浪人大曾根一衛，是當時的大納言岩倉具視的左右手，過去爲了扭轉維新的情勢，曾多方獻策。

昔日在政治鬥爭中落敗，隱身在洛北農村的岩倉，派手下們代替無法行動的他展開各種權謀操作。有人代替岩倉發聲，四處向強藩的家老或公卿家說明推翻幕府的大義；有人代替岩倉出手，將礙事者葬送在黑暗中……他們常在今出川室町上的柳之圖子町密會，所以被稱爲「柳之圖子黨」，大曾根擔任他們的首領。

師光會認識大曾根，也是因爲當初曾以尾張藩公用人的身分到岩倉的寓所拜訪。推動公武合體（註）的師光，與絕對支持武力倒幕的大曾根，兩人的主張完全相反，但大曾根十分賞識這個小他五歲、身材矮小的男人，當成自己的弟弟一樣疼愛。對身處刀光血影世界的大曾根來說，與他個性截然不同的師光，反倒令他覺得難能可貴吧。

註：幕末的一套政治理論，主張聯合朝廷（公家）和幕府（武家），一起改組強化幕府的體制和權力。

推算大曾根今年虛歲四十一，但約莫是長年積勞成疾，如今已滿頭銀霜，紅銅色肌膚上多了好幾道深邃的皺紋。不過他的目光依舊銳利，梳理得十分有精神的髮髻，以及那強健的體態，讓人聯想到長井別當（註一）和十郎權頭兼房（註二）等老將。他修習神道無念流，在他的愛刀「信國」下血霧噴飛的幕府要員不知凡幾。由於他以八瀨山中的一座荒寺作爲根據地，人們都說「八瀨伽藍有一衛」，對其敬畏有加，連京都的孩童都還記得這件事。

岩倉回歸政界後，大曾根長期以家司的身分隨侍在側，但明治維新以後，大曾根極力反對岩倉掌旗推動的政府開國和親政策，於是岩倉與他疏遠，將他貶往京都。自從以次官的身分到彈正台京都分台就任後，他不僅控管畿內（註三），也緊盯西國府縣的行政，獲得「蛇」的封號，令人百般忌諱，同時他也以這種令人畏懼的身分，持續掌控京都。

「師光，你現下在忙什麼？」

大曾根叼著菸管問道。師光聳了聳肩，回答：

「我是個流浪漢，隨心之所向，四處飄泊。這次是到三柳北枝的墳前上香，順便到京都逛逛。」

三柳是吧——大曾根露出凝望遠方的眼神，師光急忙改變話題：

「話說回來，彈正台次官，這官位不小啊，您算是飛黃騰達了。」

「說什麼傻話，在京都這種邊陲之地，能有什麼作爲？」

大曾根抬起視線。師光受他的目光吸引，跟著仰望天花板，發現上面有好幾處汙漬，四個角落掛滿白色蜘蛛網。

「向主子諫言的結果，就成了這副德行。即使想立功，讓上頭刮目相看，無奈我手頭沒錢。如你所見，這裡連漏雨都沒錢修繕。」

「只要走在自己認爲對的道路上，不就行了嗎？」師光應道。

大曾根右手執著菸管，略帶自嘲地笑答：

「你看現今的局勢，直到昨天都還嚷著要攘夷的傢伙，今天突然向蠻夷鞠躬哈腰。眞是的，一群恬不知恥的傢伙。也許像三柳這樣橫死路旁，反而還比較幸福。」

師光沒答話，臉上浮現若有似無的微笑。

「那麼，你今後有何打算？如果想爲官，可以和我商量。」

「不，我沒這種想法。」

師光緩緩搖頭，接著說：

「我會回名古屋，打算教住家附近的孩子們英語和劍術，以此度日。」

註一：齋藤實盛，平安時代末期的武將。

註二：《義經記》的虛構人物。

註三：京都周邊地區。

大曾根吐出紫煙，挑起單邊眉毛。

「眞不像你。想隱居是嗎？」

「因爲發生了許多事。哎呀，占用您這麼久的時間，眞是抱歉。那我先告辭了。大曾根先生，請保重。」

師光正在辭別時，隔門外傳來一道粗獷的話聲。

「抱歉，打擾您談話。」

大曾根瞪向聲源處，簡短應了一句「何事？」。

「次官，有件事想向您稟報。」

隔門緩緩拉開，走廊上一名黑衣男子跪坐等候。

「就在這裡說，無妨。」

「可是……」

「我說過了，無妨。」

聽到大曾根那令人凍結的聲音，男子急忙伏身拜倒說：

「是這樣的，書庫那裡有異狀。不知爲何，門打不開，而且從門縫中傳出怪味。」

師光望向大曾根。只見大曾根眉頭緊蹙，朝菸灰缸裡撣落菸灰。

「去看看吧……師光，你也來。」

後。

大曾根緩緩起身，裙褲下襬往旁邊一甩，邁步踏出走廊。師光拿起佩刀，急忙跟在他的身後。

在職員的引導下，大曾根與師光朝衙門深處走去。路的盡頭聚集了幾名職員，他們一看到大曾根到來，馬上靠向一旁，閉口不語。

「快報告現狀。」

在大曾根強硬的命令下，帶路的職員馬上移步向前。

「我們想入內查資料，不知爲何打不開門，準備強行撬開時，從門縫傳出一陣怪味，所以才趕忙向您通報。」

大曾根瞥了部下一眼後，伸手搭向門把。但拉門只發出嘎吱聲，文風不動。

「這門能上鎖嗎？」

「不，只是一般的拉門。可能是從房內用頂門棍之類的東西卡住。」

師光朝拉門走近，親手試著拉動，確認是否眞的打不開。那是右拉設計的拉門，只要用力拉，門框上方就會出現縫隙，但也只是發出嘎吱聲，一樣打不開。每次將拉門拉得「卡啦卡啦」作響，就會飄出一股鐵鏽般的臭味，直衝師光的鼻腔。

「破門！」

大曾根向後退開，威儀十足地向部下下令。師光也離開門邊。

面面相覷的職員當中，一名塊頭最大的男子走出。男子站在門前，吐出一口氣，猛然一肩撞向拉門。發出「啪嚓」一聲，門板略微凹陷。

撞了第三次，終於撞破門。男子用力過猛，往前墊了好幾步，師光原本打算迅速從他身旁進入書庫內，然而——

「等等，師光。」

幾乎在大曾根厲聲一喝的同時，師光也呆立原地。就算他想進入，也被門板擋住，前進不得。撞破的門板沒倒向地面，而是壓在擺放於門口附近的某個東西上。

「啊！」

師光口中迸出一聲驚呼。被撞開的門板下，一名穿短外罩的男子像嬰兒般蜷縮著，右半身靠在地板上。

師光嚥了口唾沫，急忙跪到男子的身旁。男子的臉色蒼白如紙，一眼就看得出他早已斷氣。

「事情嚴重了……」

師光轉頭望向大曾根。大曾根轉身向後，大喝一聲「召集人手」。一名部下急忙從走廊上快步離去。其他職員紛紛隔著師光的背部窺望屍體。師光發現自己擋住入口，於是跨過屍體，走進書庫。

在他踩向木板地的瞬間，隔著二趾布襪，腳底感到一陣寒意。低頭一看，二趾布襪的底部已被染成紅黑色。定睛細看，從男子倒臥的位置到室內中央一帶，已被微乾的血染黑。

師光收回視線，不怕裙褲被染髒，再次跪到屍體旁。

他首先注意到的是脖子上的傷。從頭項到喉嚨，留下一道像被刨去一大塊肉的刀傷。不知是從這處傷口溢出的血，還是張口嘔血所致，不光是脖子和臉龐，紅黑色的血染遍屍體全身。

師光試著以手指按壓傷口周遭，脖子的肌肉像石頭一樣硬。他低頭看著指腹，血液已變得又乾又硬。

師光抽動鼻子嗅聞，屍體飄散出一股濃濃的酒味，混雜在鐵鏽般的血腥味中。他環視四周，發現房內角落遺留了大酒壺和茶碗。

「似乎是藉酒消除恐懼後再自刎。」

大曾根從走廊俯視屍體，突然開口道。

「您認識此人嗎？」

「他是大巡察澀川廣元，在這裡工作。」

大曾根彎下腰，拎起那件短外罩。屍體的衣服前襟大大地敞開著，露出蒼白的肌膚，肥胖的圓肚上有一道刀痕，紅黑色的內臟外露。

「儘管切腹，卻沒死透，可能是痛苦難當，最後他才會舉刀自刎。約莫是用這個吧。」

師光望向掉落在附近的一把沾滿血的短刀。刀身已離鞘，黑色刀鞘隨意放在一旁。

「澀川是什麼時候到府廳上班？」

「今天他也沒聯絡一聲，就無故曠職。」

面對大曾根的詢問，一名部下挺直腰桿回答。

「從血變得乾硬的情況來看，這不是剛剛才切腹，應該是昨天晚上吧。」

大曾根嘖舌，起身吩咐：

「把屍體搬出去，待會再向府方報告。」

師光也站起身，走到屋內角落，以避免妨礙職員們辦事。

他環顧室內。左右都擺設了很高的書架，是約十張榻榻米大的木板地。裡頭牆壁的高處，採光窗開著，塵埃在窗戶照進的陽光下閃閃生輝。

比師光還高的書架上，疊放著好幾本日式裝訂的書籍和書信盒。書架附近的地板上積了薄薄一層灰。

站在門口往內看，右邊深處有張小書桌，上頭擺著青銅燭台。一個大盤子裡，顏色偏黃的蠟淚積成一座歪斜的小山丘。

接著，師光仰望天花板。一整塊的原木木板，四邊都結有蜘蛛網。在師光觀察天花板時，一旁的職員們已用門板運送屍體離開。

「原來這就是門打不開原因。」

大曾根在入口附近撿起某個東西。仔細一看，是一根約三尺長的粗大木椿。

「門後嵌著這個東西嗎？」師光問。

「好像是。」

師光一臉嚴肅地盤起雙臂。

「有什麼在意的地方嗎？」

「那個男人明明是切腹，爲什麼要從內側把入口封死呢？」

「應該是不希望有人妨礙吧。雖說是自刎，但沒人幫忙介錯，要自己一個人完成，得花不少時間。」

大曾根拋出手中的木椿，發出「匡啷」一聲清響。

「抱歉，讓你看到這麼不舒服的景象。我叫人幫你沏杯茶吧。」

師光跟在大曾根身後走出書庫，問道：

「澀川這個男人做了什麼非切腹不可的事嗎？」

「他指使町裡的地痞流氓向商家勒索。我看不下去，告誡過他，可能是我話說得太重了吧。」

大曾根一邊走，一邊感到無趣似地答道。

回到會客室後，大曾根和他說了一句「歡迎隨時再來」，便離開了。由於途中遇見其他職員，通知大曾根有府方高官來訪，他可能是要前去接待吧。

師光坐在緣廊望著庭園，心不在焉地回想剛才書庫裡的情形。

不久，隔門外傳來聲響。他轉頭一看，只見一名用托盤盛著茶杯的僕人走進房內。

「你在這裡工作很久了嗎？」

師光突然出聲，這名老翁面露驚訝。

「啊，是的，算久了。」

「這樣的話，我想問你幾件事。這裡的官差都會留下來工作到很晚嗎？」

僕人將茶杯遞到師光面前，一副愣住的表情。

「不，當六角堂（註）的鐘響時，大家就都回去了。」

坐落於六角通的頂法寺，鐘樓會在下午五點鳴響。

「晚上有守衛留守嗎？」

沒有——僕人搖頭。

「沒人會留下來。因爲這裡沒囚禁犯人。」

「江藤先生，你會感到納悶，我能理解。晚上衙門裡明明沒人，澀川卻怕人妨礙，使用頂門棍，這點確實很怪。」

師光如此說道，爲這段話作結。

「我想確認一件事。聽你的描述，死者的刀傷應該是在左頸，對嗎？」江藤問。

師光抬起目光，思索片刻後回答：

「屍體的右半身朝下，我馬上就看到了傷口，所以是這樣沒錯。」

江藤雙手一拍，拿著資料倏然起身。

「決定了。本城，馬上召集隊士。接下來要到彈正台進行搜查。只要有我同行，諒他們也不敢抗拒。」

守在辦公室角落的本城不發一語地站起，快步走出。

「等等。」

師光也急忙站起，問道：

「請說明一下，這是什麼情況？」

這事再簡單不過了——江藤豎起手指，比向自己的脖子。

註：頂法寺的正殿呈六角形，又稱「六角堂」。

「脖子左側有傷，表示澀川是右手執短刀，左掌按著刀背，劃向自己的脖子。不用說也知道，這是右撇子的行爲。」

「話是沒錯……咦，這麼說來，澀川是左撇子嗎？」

江藤頷首，應道：

「我請澀川在字據上簽名時，他是右手執筆。不過，當時本城掃了他一腿，他跌倒時，馬上以左手撐地。你應該知道，武士不允許有左撇子。澀川恐怕是自幼就被矯正爲右撇子，但遇到突發狀況，還是會用自己的慣用手。如果他平常做什麼事都用右手，凶手會誤以爲他是右撇子，做出錯誤的僞裝，這樣就能理解了。」

江藤飛快地接著說：

「臨死之際想必是一樣的情況。在只感到疼痛，無法立刻死去，意識逐漸模糊的情況下，如果澀川拿刀抵向自己的脖子，理當會用原本的慣用手來握住短刀——也就是左手，你不這麼認爲嗎？」

四

幾個時辰後，江藤與師光走在彈正台京都分台的走廊上。

「你還是一樣這麼強硬。」

「請說是善於交涉。」

面對感到錯愕的師光，江藤露出無所畏懼的笑容。

對於突然湧入的警備隊一行人，彈正台方面一開始當然是擺出強硬的抗拒態度。但和上次不同，今天江藤也隨行。

儘管江藤是名列從四位的太政官中辨官，照理來說，京都發生的案件，他無權置喙。然而，江藤憑藉三寸不爛之舌，不讓對方有這樣的想法。再加上大曾根剛好不在，江藤以強硬的態度達成目的，在只有他與師光兩人入內調查的條件下，彈正台京都分台的大門終於爲他們開啓。

來到路的盡頭，已能看見書庫。

「那裡就是案發現場吧。」

書庫的門尚未復原。江藤瞥了殘存的門框一眼，跨過門檻走進室內。

雖然已十分微弱，室內還是能聞到鐵鏽般的臭味。藉著透進高窗的陽光，可看見地板上仍清楚殘留泛黑的痕跡。

「這裡比想像中還要小。」

江藤環顧四周，如此低語。也許是左右兩旁擺設高大的書架，更讓人有壓迫感。書架都是相同款式，共有六座。

師光跪在右邊的書架前，說道：

「地板上的塵埃沒有變化，看來書架後方沒有暗門。」

「似乎也不可能從天花板脫身。」

江藤仰望結著蜘蛛網的天花板。要在不破壞蜘蛛網的情況下，逃進天花板上方，恐怕比登天還難。

「不過，還是確認一下吧。」

師光躬著身子，伸長手臂，敲打起書架的背板。江藤走向深處的牆壁，仰望頭頂上的高窗。

如同報告書上所寫，那確實是一扇小窗。有竹格子阻擋，連手臂要通過都不太可能。

江藤將擺在書庫角落的書桌拉過來，撩起裙褲下襬，爬上桌面。

「這樣很危險……」

傳來師光慌張的勸告聲，江藤並未理會，逕自站上桌面，墊腳把臉貼近高窗。窗口是風的通道，所以沒結蜘蛛網，但有竹節的黃色竹格子上覆滿了像黑灰般的塵埃。

江藤抬起手，試著握住竹格子。格子本身十分纖細，沒想到出奇地牢靠，任憑他又推又拉，一樣文風不動。以十字區隔開來的縫隙也很狹窄，只有指頭伸得進去。

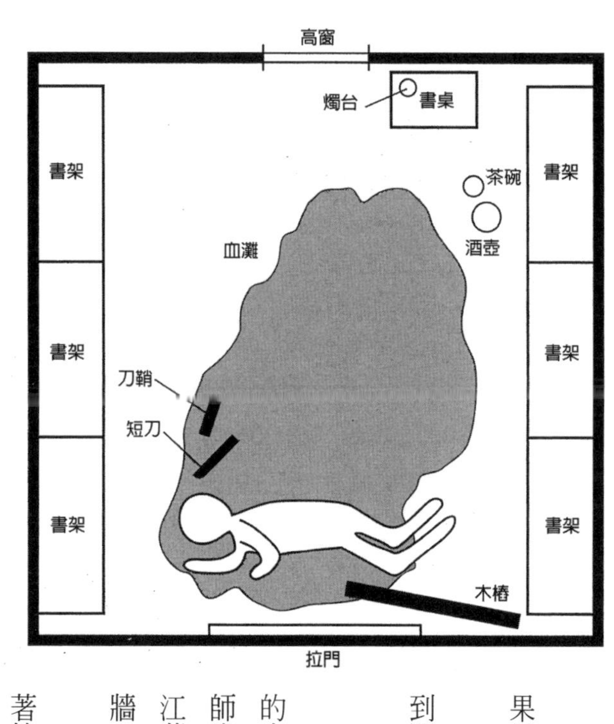

「有什麼發現嗎？」師光問。

江藤爬下書桌，搖了搖頭。

「確實沒辦法從那裡進出。不過，如果是絲線或繩索，有可能通過。」

江藤往裙褲上擦了擦髒汙的手掌，走到門口附近。

「這就是那根頂門棍吧？」

江藤拿起擺在附近書架上的一根粗大的木椿，轉頭望向師光。正在檢查地板的師光，抬起又黑又髒的臉，點了一下頭。江藤拿著木椿，比對拉門滑動的那面隔間牆，幾乎一樣長。

江藤將木椿擱在地上，跨過門檻，接著檢查起門框。

門框的設計很粗獷。門楣、門檻，以及左右的門框，都是用粗大的黑色木材打造而成。不過，毋庸置疑的是已相當老舊，只要抓住門框晃動，就會發出陣陣嘎吱聲。可能是爲了修繕的緣故，門楣和門檻內外都打了幾根釘子。

「查不出來。」

江藤背後傳來一道聲音，轉頭一看，只見鼻頭髒汗的師光站起身。

「地板和書架都檢查過了，不管我敲哪裡，都沒發現不對勁的聲響。到處都找不出暗門或是通道。」

江藤雙臂盤胸，沉聲思索。

五

「鹿野，當時書庫的門眞的打不開嗎？」

面對江藤的詢問，師光蹙起眉頭應道：

「我騙你做什麼？確實是卡著頂門棍，庫門緊閉。」

離開彈正台後，爲了到位於千本二條的一家師光常去光顧的店吃晚餐，兩人沿著下立賣通往西而行。

「沒能親自驗屍，實在很不甘心，不過，既然看到案發現場，那就算了。」

江藤他們走進彈正台時，澀川的屍體已從彈正台運走，連職員們也不知去處，所以江藤無法進一步追查。

「太陽下山的時間也變早了。」

聽見師光的喃喃低語，江藤不禁跟著仰望天空。天空從外圍緩緩轉爲暗紅。薄雲帶紫，一路往東飛逝。就在這時——

「打擾了。」

前方響起一道低沉的聲音。從位於松屋町通十字路上的一幢黑色町屋後方，一名男子翻動著長外罩的下襬，邁步走來。

「大曾根先生！」

大曾根一衛背對著斜陽，以黑影般的姿態昂然而立。

「在下是彈正台少忠大曾根一衛，看來您就是中辨官江藤新平大人了。」

師光呆立原地，一旁的江藤隨即上前一步。

「沒錯，我就是江藤新平。」

看著江藤不帶絲毫歉疚的模樣，大曾根那暗影籠罩的臉龐浮現笑意。

「果然和傳聞中一樣呢，江藤，你做事還眞是恣意妄爲啊。」

江藤冷哼一聲，應道：

「我說想看案發現場，貴單位的職員就主動敞開大門，僅此而已。倒是你，敵方大將居然親自上陣，這是在打什麼主意？」

「我是來提醒你。」大曾根回答。

江藤不禁瞇起眼睛。

「先前橫井和大村的案子，你已在暗中打探，這次改爲找上澀川嗎？熱心投入工作固然不錯，但你也該適可而止了。」

「哦，你的意思是，別人這樣打探會令你頭疼吧？」

大曾根低聲冷笑：

「這種不痛不癢的打探，令人感覺很不舒服，你應該也明白才對。」

大曾根左手倏然搭向佩刀刀柄。

「給你一個忠告，沒有下次了。」

大曾根轉身離開，江藤厲聲叫道：

「等等，這話是什麼意思？只要有人擋道，就會毫不留情地斬除，這不是你向來的做法嗎？」

大曾根緩緩回過身來，回答：

「你似乎認爲我是個執迷不悟的攘夷論者，不過你錯了。我也是在會津戰爭中手持米涅步槍打過仗的人，好歹知道堅持攘夷是有勇無謀的行爲。」

「既然如此……」

「我不能接受的，不是那件事。」

大曾根的眼神轉爲銳利，繼續道：

「那些舉著攘夷的大旗，誓言要重振明治維新的人，一旦獲得天下後，就捨棄那面大旗，改爲向歐美列強阿諛逢迎。這種事教人怎麼接受？畢竟是人爲之事，當然也會犯錯。然而，若承認攘夷是錯誤的決定，就應該再次高舉新的大旗來奪取天下，這才是正道。否則如何面對當初那些在途中倒下的人們！」

那是直透人心的口吻，江藤無言以對。

「你想知道，爲什麼我對你手下留情吧？理由很簡單。像你這種堅持原則的人，我並不討厭。我憎恨的是那些坐鎮東京、變節改志的傢伙，如此而已。」

風聲呼號，長外罩下襬隨風翻飛。不過——大曾根最後補上一句：

「要是有人敢阻礙我，我定斬不饒，這點你別忘了。」

大曾根步履無聲，消失在町屋後方。

「江藤先生……」

江藤背後傳來師光擔心的話聲。

「鹿野，大曾根是這樣的人嗎？」

面對江藤的詢問，師光來到他身旁，點頭應了聲「對」。

「大曾根先生瞧都沒瞧我一眼。」師光咕噥道。

猛然回神，周遭已薄暮輕掩。江藤再度邁步向前，師光默默跟著他走。

「那麼，接下來你打算怎麼做？」

率先打破沉默的是師光。

「大曾根一衛這個人如果說要斬人，就言出必行。江藤先生，勸你還是就此抽手比較好。」

「說什麼傻話。」

江藤一口駁回。

「鹿野，我的個性是，一旦別人叫我住手，我反倒會更加熱血沸騰。敢威脅我江藤新平，算他有膽識。這不是挺有意思的嗎？」

江藤面露無所畏懼的笑容，目光移向傍晚的天空。破碎的流雲，紅豔如火燒。

換了地方，來到千本二條下的雞屋「李久利」二樓的廂房。江藤與師光迎面而坐。兩人面前擺放著塗漆的用膳小桌，上頭有小碟子裝的四道菜肴。

「之所以刻意封住書庫的門，想必是爲了讓人以爲澀川是自殺。」

師光拿起白瓷酒壺，移到江藤面前，應道：

「說得也是。窗戶太小，又沒暗門，加上唯一的出入口從內側封死，那個男人就這樣在室內切腹身亡。這種死法不管我們再怎麼不能接受，還是得視爲自殺。不論留有再多難解的疑點，只要沒弄明白背後的機關，就無法顚覆澀川自殺的事實。」

江藤拿酒杯接受師光的斟酒，表情嚴峻地喝了一大口酒。

「凶手是先在書庫內用頂門棍卡住拉門，再來到書庫外，或者是殺害澀川後來到外面，再以某個方法嵌進頂門棍。目前只想得出這兩種可能的情況。」

江藤執筷夾起大碗裡的醋味噌拌壬生菜，送入口中。

「不過，兩者都很難辦到。」

往江藤的杯裡斟滿酒後，師光也替自己的酒杯滿上。

「我不認爲有方法能從緊閉的拉門內脫身。至於從外面嵌進頂門棍，我也覺得不可能。」

「我原本認爲，應該是先將棍子立在門邊，等人走出室外，再緩緩把門關上，如此一來，棍子會隨之倒下，成爲頂門棍。然而，那根重要的木樁，長度幾乎與門檻的寬度一樣。爲了防止拉門打開，得牢牢嵌進才行。要從門外動手腳，實屬不易。」

手執筷子的師光，若有所思地切開嵯峨豆腐，送入口中。

「如果利用那扇採光窗，有沒有可能辦到？」

「可能性也不高。」

江藤放下筷子，再次伸手拿起酒杯。

「窗格子上到處都覆滿細小的塵埃。如果是從窗口伸什麼東西進去動手腳，應該會留下痕跡才對。」

師光擱下筷子，雙臂盤胸。

「有沒有可能放頂門棍的人，是澀川自己呢？」

江藤將酒杯移到唇邊時，突然如此低語。

「你的意思是，澀川眞的是自殺嗎？」

「不是的。被凶手追趕的澀川，爲了保護自己而逃進書庫，從內側嵌上頂門棍，取代門鎖，最後還是力竭死去。」

「可是，在書庫內力竭死去，表示澀川奔過走廊時，已被砍傷或刺傷吧？但一路上沒留下這樣的痕跡啊。」

嗯——江藤無言以對。

「而且，如果江藤先生你的推理正確，澀川看起來像自殺，這恐怕是凶手意想不到的情況。遺留在書庫的酒壺和染血的短刀，又是如何準備的呢？」

「知道啦，用不著一一點出。」

江藤別過臉，粗魯地將杯裡的酒一飲而盡。

面向千本通的格子窗吹來一陣冷風。原本望向窗戶的師光，轉爲望向江藤，說了一句「對了」。

「之前我提過，案發當天，有府方的高官前去拜訪大曾根先生吧？感覺或許與此事有關，所以我請本城先生幫忙調查。」

哦——江藤拿起筷子，夾了一塊烤鴨問：

「有什麼發現嗎？」

「呃，該怎麼說才好……被找去的是市政局的人，姓天野川，他前一天晚上收到大曾根先生的來信，信中寫著『有重要的案件想私下請託』，但他趕去之後，大曾根先生卻回了一句『現在沒空談這件事』，打發他離開。」

「這就怪了。」

「是嗎？我倒覺得這是很正常的反應。」

「沒這回事。大曾根可能原本想利用天野川這個男人來當彈正台職員以外的證人。但案發當天，鹿野你碰巧上門，所以臨時改爲由你當證人——應該就是這麼回事吧。」

「這樣解釋會不會太牽強了？」

師光不禁苦笑，就在這時，正在爲自己斟酒的江藤突然抬起臉說：

「鹿野，嵌著頂門棍的拉門打不開，對吧？」

江藤手執酒壺，直視著師光。

「爲何現在還問這種問題？」

不過啊——江藤趨身向前，接著道：

「雖說拉門打不開，但未必是嵌著頂門棍的緣故吧……？」

六

外面下著毛毛細雨。從敞開的紙門外流入滿含溼氣的綠草氣味，搔得大曾根一衛的鼻腔陣陣發癢。

在彈正台京都分台的西側，面向庭園、約八張榻榻米大的房間裡，大曾根伏案疾書。

「平針又逃掉了嗎？」

大曾根將新的報告書拉到手邊，喃喃自語。此刻他正在看的，是與今年一月在萩地爆發的長州奇兵隊武裝叛變有關的處理報告書。平針過去曾在政府爲官，出任兵部權大丞，但因對政府方針有異議而下野，最後被列爲叛徒。政府將他視爲作亂的主謀，全力追查其行蹤，至今仍未能逮捕歸案。

大曾根瞄了旁邊一眼，桌上另外還堆了許多文件。大部分都是與西邊藩國反政府集團的危險動向有關的報告。大曾根的嘴角自然地上揚。

他心想，就這樣崩毀最好。不該舉著這種虛假的大旗奪得天下。不滿的殘火在各地悶燒，一口氣延燒開來，化爲熊熊烈焰，將這整個國家全部吞噬——這天肯定不遠了。

「大曾根次官。」

隔門外傳來叫喚聲。

「江藤新平和本城伊右衛門來到大門前，說無論如何也要與您見面。」

大曾根閉上眼，浮現在眼底的，是他手執長刀，在燃燒烈焰的戰場上四處斬殺敵兵的身影。自己再次爲奪取天下而奮戰的身影。爲了這個夢，他不能在這種地方止步。

「帶他們到會客室。」

大曾根拎起刀，從容起身。

「讓我們等得眞久啊。」

大曾根一走進會客室，便傳來這帶刺的話語。發話者是江藤。大曾根默默將腰間的佩刀連同刀鞘一起拔出，坐到兩人面前。

「我應該告誡過你，要你抽手。」

「現在的情勢已容不得我這麼做，所以我只好來和你談談。」

大曾根眉間的皺紋擠得更深了。

「江藤，說話小心點，澀川是自己切腹。」

「不對，澀川是在無意識的狀態下，被人從後方握住手臂，割破自己的肚子和喉嚨。這才是本案的眞相，證據就是澀川拿刀劃向頸部左側。」

「那又怎樣？」

大曾根神情僵硬地反問。

「對，澀川廣元是左撇子。左撇子的人當然是左手持刀。因此，他在割頸時，應該會拿刀抵向頸部右側，再以右掌按住刀背劃下才對。然而，刀傷卻是在頸部左側。倘若澀川是自己切腹，這顯然不太合理。」

「左手持短刀，劃向自己頸部左側，這也不是不可能的事。」

「那是切腹後還死不了，所以拿刀抵向脖子耶？沒道理刻意用這麼費事的方法吧。」

「這是什麼蠢問題。」

大曾根啞聲反駁。

「發現屍體時，門內側嵌著頂門棍。如果眞像你說的，澀川不是自殺，凶手要如何離開書庫？還是，書庫裡有暗門？」

「雖說門打不開，但裡頭不見得眞的嵌著頂門棍。」江藤不客氣地打斷大曾根的話。「首先，趁澀川喝得酩酊大醉時，從他身後握住他的手，讓他割破自己的肚子和喉嚨。凶手一邊小心避免踩到他流出的血，一邊拿木椿代替頂門棍，橫放在靠近門邊的位置。走出門外、把門關上後，凶手再從門外朝門檻釘上細長的釘子，連拉門也一起釘穿，這樣就大功告成了。要拉門時，上方會微動，與門框之間會形成縫隙，但底下被釘子釘死，所以打不開。從門外看來，會覺得像是有東西卡在內側。當門被撞破，釘子也會隨之折斷。大部分的人看到室內地上的木椿，通常都會心想『就是這玩意嵌在門內側』。更何況，有你在前面引導，眾人的意見自然更是一面倒。門檻上還留有釘子刺穿的痕跡呢。」

「書庫的門之前就不太牢靠，那不過是修繕過的痕跡罷了。你以爲舉一些枝微末節的例子，就能推翻一切嗎？」

「當然不是。」

江藤背後突然響起一道沙啞的話聲。是之前一

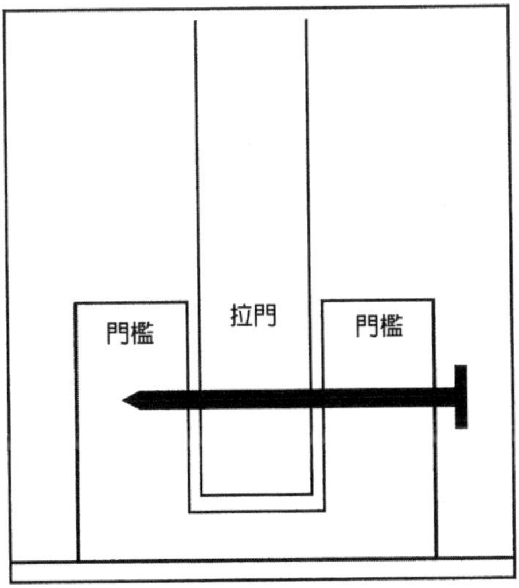

直像石佛般一動也不動的本城。

「不過，既然瀏川廣元有可能是遭人殺害，京都府方面就不能坐視不管。」

大曾根終於猜出江藤眞正的用意，不禁低吼一聲。

「就像你說的，若光憑屍體上的傷痕與門框的釘子，就斷定這是謀殺，未免過於武斷。因爲事實上，瀏川有可能眞的是自殺。」

江藤注視著閉口不語的大曾根，強硬地接著說：

「依目前的情況來看，各有一半的可能性。因此，爲了查明是非黑白，我認爲必須派遣警備隊，不單是案發現場，連彈正台內部也要一併調查。」

這男人眞是惹人厭——大曾根氣得咬牙切齒。對江藤而言，案件的眞相其實一點都不重要。打著重新調查這起案件的旗幟，從彈正台內部找出與去年的橫井、大村暗殺事件有關的資料，才是江藤新平眞正的目的。

「今日前來，是爲了知會你這件事。因爲我懷疑凶手就在彈正台內，但又不能讓你們背黑鍋。你們當然沒理由拒絕。畢竟這是爲了證明你們的清白而進行的調查。」

大曾根已沒在聽江藤說什麼話。爲了因應接下來的事態發展，得想出最好的辦法，他腦中迅速轉過各種念頭。接著，大曾根撂下一句「既是如此，那就沒辦法了」，同時右手有了動作。他握住擺在一旁的長刀刀鞘，刀柄猛然戳向江藤的面門。

本城手一伸，將江藤推向一旁。大曾根的刀柄撲了個空。本城維持單膝跪地的姿勢，握住腰間的短刀，但大曾根比他快了一步。大曾根手中刀鞘猛然一揮，鞘尾重重擊向本城的側臉。

本城悶哼一聲，腳步一陣踉蹌。大曾根站起身，毫不遲疑地舉起刀鞘，朝沒能站穩的本城頭部劈下。

本城前額冒血，當場倒地。大曾根這才拔刀出鞘，手撐著榻榻米，刀尖揮向一旁茫然無措的江藤脖子。

「你記住了，這就是我的做法。」

見江藤那雙脣緊抿的模樣，大曾根低聲輕笑。這時，像是猛然想起般，雨聲在紙門外響起。

「……你以爲我江藤新平會沒採取任何預防措施，就這樣硬闖嗎？這座衙門已被十幾名警備隊員團團包圍。你要是輕舉妄動，無疑是自掘墳墓。」

「那又怎樣？」

大曾根冷冷地俯視江藤。

「我應該告誡過你，要你抽手。是你們無視我的警告。」

刀尖近逼，江藤移身向後，汗水從臉頰滑落。

「就把你們的屍體丟在市街吧。中辨官江藤新平及其護衛一行人，從彈正台返回的路上，遭反政府的浪人襲擊——這樣的腳本夠完美了。」

就在這時，大曾根的背後傳來輕輕打開隔門的聲響。大曾根維持刀尖抵著江藤喉嚨的姿勢，轉頭望去。

「抱歉，我正在忙……」

師光默默站在走廊上。

「你都聽到了嗎？」

師光點頭，一臉哀戚地向前跨出一步。大曾根緊緊咬牙，放聲大吼：

「澀川廣元不講道義，死有餘辜。我不過是殺了一隻啃咬樹根、想讓鮮花枯萎的臭蟲罷了，有什麼不對！」

師光露出陰鬱的眼神，望向大曾根。

「師光，你也是東京那幫人的同夥嗎？」

「我至今仍站在你這邊。」

師光緩緩開口道。

「但江藤先生不一樣。今後的日本需要他這樣的人，所以請不要殺他。」

大曾根表情嚴重扭曲，像是過去一直別開臉不想看的某個東西，突然湊到他面前。

大曾根無法壓抑激動的情緒，從喉嚨深處發出吼叫，揮刀砍向師光。

師光低著頭，靜止不動。大曾根對準他的頭疾斬而下。砍中了。大曾根雖然這麼想，卻沒有砍中的手感。不知何時，師光已側身往左避開，將刀勢往胸前化解。

大曾根想要馬上收刀，但師光搶先動手。他往前一步，重重打向大曾根握刀的手。猶如烙鐵押在手上，一陣劇痛遊走，待大曾根回過神，長刀已脫手。

會客室裡只有雨滴打向地面的聲響。

大曾根步履踉蹌，雙膝跪地。師光平靜地在他身旁喚了聲「大曾根先生」。

「這些年我遊歷諸藩，見過形形色色的人，經歷過各種場面。當然，並非全是愉快的經歷。倒不如說，以悲慘的經歷居多。」

師光淡淡地繼續道：

「在北越和會津，許多人被捲入戰火中。不光是武士，包含老弱婦孺在內，許多人民都遭到殺害。儘管戰爭結束，但在服從的名義下，西邊諸藩不遵從太政官方針的派系，一個一個都遭到斬殺，實在有太多人喪命了。」

大曾根低著頭，一句話也沒說。

「你可能會笑我還是一樣天真吧。不過，見識過那場戰爭後我深有所感。大曾根先生，這世上沒有可以隨便犧牲的生命。」

師光倏然彎下腰，溫柔地按住大曾根伸向腰間短刀的手。

「當然，也包含你的生命。」

大曾根低聲輕笑。眼下他也只能笑了。

七

山雀輕聲啼唱。鹿野師光在窗框邊單手托腮，心不在焉地望著枝頭小鳥的身影。

這裡是師光投宿的烏丸今出川旅店，他在二樓的客房。房間坐北朝南，從窗戶可以俯瞰後方的小巧庭園。

一陣強風吹來，受驚的山雀展開藍灰色雙翅飛遠。師光的目光追尋著牠的身影，深深嘆了口氣。

「鹿野，你在嗎？」

背後傳來叫喚聲。江藤新平打開隔門探出頭。

「如果你有事找我，我可以跑一趟的。」

師光手伸向客房的角落，替江藤取來一塊坐墊。

「我這就去替你沏茶。這地方小，請隨意。」

「不，不用麻煩了。要不要到附近走走？」

師光默默注視著江藤，接著一把拿起佩刀，站起身。

兩人並無特別的目的地，就這樣沿著今出川通往東而行。

「本城先生的情況如何？聽說他沒有生命危險？」

面對師光的詢問，江藤頷首應了聲「嗯」。

「那傢伙的身體實在強健。頭上好像縫了幾針，但他現下已在偵訊大曾根。」

兩人在木板圍牆綿延的二條關白邸轉角處轉彎，走在町屋相連的狹窄巷弄中。

「大曾根一衛一樣什麼也不肯說。」

江藤瞄了師光一眼。這樣啊——師光只簡短應了一聲，仰望天空。被兩旁近逼的屋簷圍成一道窄縫的秋日晴空，顯得無比蔚藍高遠。

「他會使這種小手段，想必是料到我會親自前來搜查。」

彷彿討厭沉默，江藤接連說個不停。

「如果他的目的只是要堵住澀川的嘴，大可不必那麼大費周章，只要躲在暗處，在路上斬殺澀川就行了。但我與澀川接觸後，他隨即橫死，任誰都看得出這是在殺人滅口。爲了擺脫嫌疑，大曾根耍了個小手段，讓人以爲澀川是自殺，也就是說，沒有凶手。」

不對——師光反射性地在心中低語。當然，這應該是原因之一。但除此之外，大曾根把門封住，應該別有用意。

逮捕大曾根後，對彈正台內部展開調查，得知澀川的屍體葬在京都北邊的紫竹村本圀寺。爲了讓調查書的內容更爲完整，江藤派本城調度警備隊前去掘出屍體，隨即進行驗屍。師光也在現場見證，但有件事令他掛懷。那乍看之下深可見骨的傷口，其實還不至於馬上致命。

如果澀川是自己切腹，師光應該不會太在意。想到澀川流了那麼多血，處在半死不活的狀態，就算雙手已無法使勁，最後只留下淺淺的傷口，也不足爲奇。然而，事實卻恰恰相反，拿刀插進澀川身體的，是大曾根的手臂。

對大曾根而言，留下淺淺的傷口，應該不會有任何好處。要是讓澀川多活一會，留下什麼痕跡的話，可就前功盡棄了。而且師光不覺得大曾根會沒注意到這一點。

想到這裡，師光憶起大曾根從門外用釘子把門封住所設下的機關，於是聯想到某個可能性——這次的案件，其實是對澀川的一種懲罰。

被江藤揭發過去罪狀的澀川，爲了自保，打算出賣當初替他隱匿罪行、對他有恩的彈正台。向來痛恨別人變節、不講道義的大曾根，當然無法饒恕澀川這樣的行爲。

「……之所以從門外釘上釘子，是爲了不讓澀川從室內開門。大曾根先生離開時，若是熄去燭火，書庫應該是一片漆黑。澀川受盡痛苦後，就算想拿刀刺穿自己的喉嚨，恐怕也找不到短刀。這是要澀川嘗盡痛苦，緩緩死去吧。」

師光腦中浮現兩道人影。雖然還不至於立即喪命，但確實受了致命傷的澀川，渾身是血，以遲緩的動作努力想打開門，站在走廊上的大曾根則是靜靜聆聽從門內傳出的虛弱聲息……師光用力搖頭，彷彿要將那陰沉的想像從腦中揮除。

「對了……」可能是師光的低語沒傳進耳中吧，江藤突然開口：

「鹿野，我想請你寫這起案件的報告書。」

師光沒答話，江藤流露銳利的目光，注視著他。

「我之前不是要你在太政官內任職嗎？別說你忘了。」

呃——師光含糊地應道，視線落在仍有些泥濘的路上。江藤沒出聲，兩人就這樣無言地來到面向賀茂川的河灘道路。

「什麼事令你這般苦惱？」

江藤似乎再也按捺不住，強硬地問道。

「你就這麼不想和我共事嗎？」

「不是的。」

師光停下腳步，回應：

「我深切理解大曾根先生的感受。現今的局勢已不需要我。今後就算我站向台前，也絕不會有什麼好事，大概只會覺得可悲吧。」

吹過河面的風，搖晃著師光的紅豆色衣袖。

「當然，我感到很不甘心，猶如置身烈火中，同時也覺得哀傷。不過，這是無可奈何的。沒什麼理由，如此而已。」

如此而已——師光在嘴裡複誦自己說的話。

「你這個人未免太誇張了吧。」

江藤錯愕地應道。

「身爲御三家之首，同時也和薩長聯手的尾張藩是吧？的確，對你來說，眼前或許是逆風強勁的局勢。不過，這種事根本不重要啊。」

師光不自覺地抬起臉，眼前依舊是江藤那張不悅的臉孔。

「只有你能擔任我的左右手，這個理由還不夠嗎？」

一個沉積在心底的沉重之物，無聲無息地消失。同時，師光明確感受到自戊辰戰爭以來一直緗緊的雙肩，正逐漸放鬆。

「謝謝你……」

這是師光由衷的感謝。他深深一鞠躬，不知不覺間嘴角浮現微笑，說是喜悅，好像又不太一樣，連他自己也不知道這是怎樣的情感。

江藤猛然伸出手，說道：

「那麼，你會來吧。」

師光緩緩伸出手，用力回握江藤的手。

＊

明治四年（一八七一）七月，廢除彈正台，設立司法省。

監獄殺人事件

「原兵部權大丞平針六五，於京都六角通之府立監獄遭毒殺一案，平針因企圖顛覆國家，以政治犯身分遭宣判死刑，凶手爲何要刻意殺害斬首在即的罪犯？此事離奇難解，欲查明眞相，想必困難重重。」

——出自《司法少丞　鹿野師光報告書》

一

牢裡靜謐無聲。一整排格子柵欄後方不見囚犯的身影，只有落葉翻飛的沙沙聲在通道上響起。

明治五年（一八七二）秋天，地點在京都六角神泉苑的府立監獄。多年前，在德川時代末期以「六角牢獄」之名，關滿了囚犯——俗稱「志士」的這個場所，如今變得冷冷清清。

因慶應四年（一八六八）的官制改革，昔日的「都」改名爲「京都府」，由政府派遣府知事來管理，雖然已展開明治維新，終究還是渾沌不明的新體制。在很多事情上，仍得沿用德川時代的事物，這也是理所當然，而這座監獄也算是「沿用物」之一。

不過說來可悲，像平野國臣（註一）和乾十郎（註二）這些昔日名氣響亮的的男子漢都魂斷於此一牢獄，自從經歷戊辰戰爭，牢獄內外的立場對調後，如今只有一些在市井鬥毆之輩以及小偷，被逮捕後會在這裡拘留幾天。

原本就夠冷清了，再加上三年前定都東京，整個京都熱鬧盡失，這地方已逐漸從人們的記憶中消失。

話說，在這樣的監獄最深處的牢房裡，困禁著一名男子。

男子雙目緊閉，面向牆壁靜坐。他頂著蓬頭亂髮，滿面鬍鬚，清瘦的雙頰因汙垢而顯得又黑又髒。

男子名叫平針六五，是企圖顛覆政府的叛變主謀，囚禁在這座監獄裡。他已被宣判死罪，只待行刑。

儘管平針現在是這副蓬頭垢面的模樣，但昔日在戊辰戰爭中，他身為兵長，展現驍勇善戰之姿，日後在新政府中還官拜兵部權大丞，是號大人物。

雖然出身於萩城下的貧窮藩士之家，但平針一路爬升至政府高官，如今之所以會被卸除官職，淪為待斬之身，可說完全是當時異常的時代情勢所致。

明治初期——前一天還狂熱地高喊「攘夷」的人們，今天一早卻笑容滿面地主張「開國和親」，就是這樣的時代。在「尊皇攘夷」的大旗下持續奔走的平針，當然無法忍受政府這種變節的態度。他會忿而遞出辭呈，返回故里——萩，也是無可奈何之事。

然而，事情當然並未就此結束。因爲這件事，平針被政府盯上。

如果平針只是一介文官，或許不會受到政府嚴密的監視。但如前所述，平針是徹頭徹尾的武將，在戰場上更是頗富盛名的參謀。

當時包含平針的故鄉萩在內的山口一帶，以昔日的奇兵隊隊員爲首，聚集了許多對自身的待遇深感不滿的人們，於是那裡化爲他們的大本營。他們認爲「維新的成功，都得歸功於我們的活躍表現，卻沒給我們任何褒獎，實在太不像話」，而政府給了他們少得可憐的恩賞後，只撂下一句「之後要怎樣是你們的自由」，令他們大爲憤慨，這也是情有可原。非但如此，後來隨著鎮台（註三）的設立，他們甚至被下令解散，若是這樣還有人要他們別暴動，才眞是強人所難。

武將出身的平針，要是回到那處對政府的不滿持續悶燒的地方，會引發怎樣的事態？結果可說是昭然若揭。

註一：福岡藩出身的攘夷志士，囚禁在六角監獄，在禁門之變時，遭人以火災爲藉口殺害。

註二：幕末尊王攘夷的志士，參加天誅組一同舉兵，之後與平野國臣等人一起被殺害。

註三：明治初期的常備陸軍。一開始是在東京、大阪、鎮西（小倉）、東北（石卷）四處設立鎮台。

果不其然，明治三年，奇兵隊的一部分隊員以武力包圍山口藩廳，平針認同他們的做法，決定起義。他率領數十名門生東進，卻遭受昔日同志木戶孝允率領的政府軍鎮壓，連要過山口都辦不到。

包含奇兵隊隊員與連坐相關人員在內，共一百三十多人立即遭處刑，而平針留下門生們，隻身一人暗中逃離山口。不少人嘲笑平針是「有辱武士身分的膽小鬼」，但眞相似乎是平針原本打算在城山（註一）自裁，門生們極力阻止，約定要東山再起，送他逃離——不過平針的親信全部戰死，平針本人也一直保持沉默，絕口不提此事，至今眞相成謎。

逃離山口後，平針一度藏身於但馬國的城崎，看準機會前往京都。在政府嚴密追查他行蹤的情況下，竟然還能逃離追兵，成功抵達京都，說是奇蹟一點都不誇張。奇兵隊的風波發生後，派出大量人力去處理，是原因之一。但前往追捕的差吏全都低估了平針身爲武將的力量，這肯定也是遲遲沒能逮捕他的原因之一。

劍鬼平針六五，沒有拜師，自幼靠獨學練就出的一身劍技，據說凌厲無比。平針擁有全力朝敵人額頭砍劈的剛猛劍式，同時也能橫持劍身，像釘子般一劍刺出，自在使出如此細膩的劍法。在昔日奉高杉晉作（註二）之命前往京都的時代，說到「長州平針」，那可是遠比傳聞還要厲害的暗殺高手，究竟有多少幕府官員和要人死在他的凶刃下，如今已無從得知。

因此，在城崎以及前去城崎的這一路上，追捕的差吏總在最後關頭因平針揮刀拒捕，而讓他趁亂逃脫，臉上無光。

然而，這種逃亡生活終究無法持續太久。儘管費盡千心萬苦來到京都，但身為逃犯的平針根本無人可依靠。隔年的明治四年夏天，平針潛伏在鹿谷一座荒寺時，終於遭到逮捕，就這樣來到今天。

在秋天陽光灑落的牢房中，平針宛如石佛般一動也不動。他雙目緊閉，若有所思。

不知過了多久，寧靜的牢獄內，突然發出巨大的聲響。接著猶如在地面摩擦般，一陣沙沙沙的腳步聲逐漸接近。

平針微微睜開單眼。剛才那道巨響是這棟牢獄的外門開啓聲，難道是有人來了？

「平針先生，您好。」

平針坐著不動，轉頭望向通道，只見一名穿黑色禮裝搭裙褲、個頭不高的男子。他頂著一頭近來流行的西洋短髮，明明在室內，左手卻拎著一把黑色洋傘。

「是鹿野先生啊……」

註一：鹿兒島市西部的丘陵，日後西南戰爭的激戰地，亦是西鄉隆盛自裁之所。

註二：幕末長州藩士，以創設奇兵隊活躍於倒幕活動而聞名。

平針雙手撐著榻榻米，轉身面向通道。

「今天有何貴幹？」

那名姓鹿野的矮個子，發出「嘿咻」一聲，逕自在牢房前坐下。

「是這樣的，有件事得通知您一聲。」

說完端正坐好的這名男子，名喚鹿野師光，是東京的司法省派來偵訊平針的臨時法官。可能因爲是尾張藩士出身，說話帶有濃濃的名古屋口音。

師光躊躇片刻後，緩緩開口：

「平針先生，雖然拖延了很長一段時間，但行刑的日程終於還是下來了。」

平針發出「哦」的一聲。

「這樣啊，是什麼時候？明天，還是後天？」

師光緩緩搖了搖頭，回答：

「是……今天傍晚。」

平針蹙起眉頭。師光低下頭，難以啓齒般繼續道：

「上午來自東京的快馬特使抵達，我還在想發生了什麼事，眞是大吃一驚。後來才知道是太政大臣三條實美大人親自下令，要馬上斬下你的首級。雖然我認爲三條大人不可能會這麼說，但不管是怎樣的形式，這終究是太政大臣的命令，江藤先生也無法再拖延下去。」

平針嘴角歪斜，低聲笑道：

「長州那幫人爲了封住我的嘴，一直催促快點行刑，你們司法省則相反，一直往後拖延，想要我招供……這沒完沒了的拉鋸，終於要結束了吧。」

平針緩緩抬起臉，接著說：

「鹿野先生，謝謝你這些日子爲我費心。不過，我也有我的矜持。不論那些變節的傢伙再怎麼厚顏無恥，終究是昔日同志。出賣同志的行爲，有違我平針六五秉持的武士道，我什麼也不會說的。」

「無妨，你這樣的覺悟，我鹿野師光明白。」

師光頷首，這時再次傳來巨大的聲響，是大門開啓聲。

「應該是來送午飯吧……」

過了一會，一名青年繞過走廊的轉角出現。如同平針所說，青年雙手端著一個托盤，上面擺著碗。

「圓理老弟。」

師光坐著叫喚，那名垂眼看著地面走近、一副書生模樣的青年，驚訝地抬起頭。

「鹿野先生……」

「我來告訴平針先生那件事。不要緊，我已取得江藤先生的同意。」

膚色白淨的青年默默點頭，打開牢房的小窗口，取出早飯的托盤，將新的托盤推進去。托盤上只有一小碗稀飯和一顆梅子乾。平針在房牢內默默望著青年發出「卡啦卡啦」的聲響，將托盤取出和放入。

「那我告辭了……」

名喚圓理的青年朝師光行了一禮，快步離開。

「這未免太失禮了。」

平針拿起碗，輕聲笑著說「這就是我的最後一頓飯嗎？」。

「平針先生，你記得圓理佐佐悅這個男人嗎？」

「死在我刀下的人，我不會忘記他們的名字。」

平針右手拿筷子夾起梅子乾，放在稀飯上。他以筷子前端鬆開梅子肉，接著道：

「主張開國論的大垣藩士圓理佐佐悅……記得那是元治元年（一八六四）秋天的事吧。我奉某人之命，在他從薩摩藩邸返回的途中下手斬殺。」

「剛才送飯來的青年，就是圓理佐佐悅的兒子，名叫圓理京。」

平針端碗扒飯的手忽然停住。

「他現下在府內任職，負責這座監獄事務方面的工作。爲了替父親報仇，以前他曾加入新撰組。由於這段經歷受到賞識，今日爲你斬首的人，就是他。」

平針抬起臉，咧嘴一笑。他的嘴唇因沾了稀飯而透著溼滑的白光。

「真是奇妙的緣分啊。呵呵呵，世上真有這種奇怪的復仇方式。鹿野先生，請代我向他……問聲好……」

碗和筷子從平針的手中滑落。

「平針先生？」

隔了一拍，平針倒向一旁。師光發現不對勁，馬上站起身。

「喂，平針先生。」

師光雙手搭在牢房門上，但牢房門當然上了鎖，打不開。牢房裡的平針翻來覆去，雙手緊按喉嚨，痛苦掙扎。

「糟糕……」

師光想衝去拿鑰匙，背後傳來低吼聲。

師光轉頭一看，只見牢房裡的平針倒在地上，躬起身子。剛才的掙扎彷彿不曾存在，此刻他一動也不動。右手抵著喉嚨，左手像要抓住什麼般，往前伸出。那張鬆弛的臉龐上，圓睜的雙眼朝師光投以空洞的目光。

幾個時辰後，被送往監獄醫務室的平針六五，歷經多次的嘔吐與痙攣，靜靜結束坎坷的一生。

二

隔天，地點改爲堀川二條的京都府廳——二條城內的一室。

一名神情精悍、身著裙褲的男子，帶著面有難色的師光，隔著一張大西洋桌，向穿西服的大鬍子男人逼問。

「要我說再多次都行。聽好了，槇村，昨天在監獄裡，會往平針的飯菜下毒的笨蛋，除了你之外，再也沒別人了！」

姓槇村的大鬍子男人，苦著一張臉，頭轉向一旁。穿裙褲的男子不在意，繼續往下說：

「昨天上午就已決定要對平針行刑。這件事不光我和鹿野知道，監獄裡的所有職員也都知道。聽著，槇村，昨天在監獄裡的眾人當中，不知道平針要行刑的，只有你一人。一個當天傍晚就要被斬首的男人，有必要在他的飯菜裡下毒嗎？沒必要嘛！若眞有這個可能，怎麼看都只有不知道即將行刑的人才會這麼做。換句話說，毒殺平針的凶手，除了你之外，沒人有嫌疑。」

「我不知道！」

大鬍子男人——京都府大參事槇村正直朝江藤吼了回去。

「我靜靜聽你說，你卻胡扯一通……爲什麼我非得殺了平針不可？江藤，你聽好了，我是京都府大參事，不可能做這種事！」

槙村掄起拳頭朝桌面重重一敲，瞪著穿裙褲的男子——司法卿江藤新平。

江藤冷哼一聲，說道：

「這和你是不是大參事無關。我的意思是，凶手除了你之外，再也沒別人了。好吧，既然你這麼說，那你告訴我，爲什麼要讓一個知道自己當天傍晚就要被斬首的男人服毒？」

誰曉得——槙村不屑地應道。

「查明眞相是你們的工作吧。」

「正因這樣的理由不存在，我才說你是凶手！」

江藤也朝桌面用力一拍，繼續說：

「話說回來，事實上，你不是常叨念『平針的死刑還沒要執行嗎』、『快點砍下他的人頭吧』，老向我們抱怨嗎？居然還敢說『我不可能做這種事』？你怎麼好意思說啊。」

「江藤先生，你說得太過火了……」

師光想居中調停，但槙村打斷他的話，脹紅了臉霍然起身。

「那是因爲像他這種企圖顚覆國家的要犯，明明已判死罪，你們卻一直讓他活命！」

槙村高高舉起原本叼在嘴裡的雪茄，張大嘴巴，厲聲咆哮。

「江藤，你聽好了，我的工作和你不一樣，不是只要坐在桌前與文件為伍就行！平安地治理好京都，守護人民的安全，正是我京都府大參事的職責！要是有奇兵隊的餘黨想救出獄中的平針，而攻打那座監獄，你要怎麼負責？你打算讓京都再次陷入戰火中嗎！為了避免這種情況發生，我才會要求盡快行刑！」

這可難說──江藤裝糊塗應道：

「在京都仍是國都的時代，平針一再暗殺行凶，對象應該大部分都是藩裡認定為妨礙者的人物。」

槇村和平針同樣是長州藩出身。江藤瞪著槇村，往下說：

「話說回來，三條大人突然下達命令，這件事本身就很古怪。肯定有人在背後操控，總之，對你們長州派而言，要是平針說了些什麼，想必會很頭疼吧？別想否認！」

槇村哼了一聲，在椅子上重新坐正，說道：

「真夠蠢的。的確，聽說平針在京都時代犯下不少案子，但那和我無關。況且，那麼多年前的事了，現在舊事重提又有何用？你再蠢，也要有個限度吧。」

「我可沒說你幹過什麼虧心事。我只是說，為了你所屬的長州派能長保安寧，你有動機殺平針滅口。實際上，平針說過『我不會做出賣同志的行為』。鹿野，對吧？」

「對，他是這麼說沒錯。」

江藤滿意地望向槇村。

「槇村，你聽好了，『不會做出賣同志的行爲』這句話反過來看，意思就是『我知道與同志的名聲有關的事』。人們常說勝者爲王，但有些罪行還是不可饒恕。過去下令的暗殺行動，威脅著今日的地位，這也是很有可能的事。無法直接從平針口中問出這些事，我眞的非常懊惱，不過這樣也好。」

江藤豎起手指，指向槇村。

「總之，這件事之後由我們司法省負責調查，可以吧?槇村正直，我江藤新平一定會將你的罪行攤在陽光下，你就把脖子洗乾淨等著吧。」

語畢，江藤轉身快步走出門外。槇村的臉轉向一旁、氣呼呼地抽著雪茄，師光向他行了一禮，急忙跟在江藤身後離去。

兩人走在鋪著紅色地毯的府廳走廊上。

「江藤先生，你大可不必一副上門吵架的態度去挑釁他吧。」

師光朝大搖大擺離去的江藤背後喚道。

「像那個樣子，原本可以問出的事，這下都問不出來了。」

「無所謂。」

江藤略微放慢步調，回答：

「反正他這個人禁不起打探，肯定幹過不少壞事。警告他幾句，不會有事的。不管怎樣，非得讓長州派瓦解不可。我沒想到平針竟然會遇害，不過，這件事要看怎麼處理。既然來到京都，不能空手而回。」

江藤如此說道，低聲輕笑。師光見狀，微微嘆了口氣。

「鹿野，接下來我打算去京都，你跟我一起去。」

約莫一個月前的某天下午。在東京的大名小路，設於昔日岩村藩邸的司法省某個辦公室內，江藤對師光這麼說道。

「去京都？馬上出發嗎？」

師光忍不住反問，這也難怪。因爲他覺得根本沒空這麼做。

去年夏天司法省才剛成立。爲了讓日本成爲一個法治國家，得打下穩固的根基，於是創立司法省，眼下必須趕緊著手處理的工作堆積如山。諸如《民法》和《刑法》的編纂、西洋法律制度的研究分析等等，不勝枚舉。統籌這一切的司法卿江藤，根本沒閒工夫悠哉地去京都旅行。

「你還記得平針六五吧？」

江藤看著手中的文件，如此說道。

「記得。他原本在兵部省任職，下野後在萩起兵謀反。」

「就是那個平針。接下來會在京都的臨時法庭上對他進行審判，因此司法省會派幾名法官前往。」

「所以江藤先生，你要親自前往？怎麼會有這種事……」師光錯愕地喊道。

平針六五這名罪大惡極的罪犯，原本送到東京監禁後，理應在司法省的管轄下進行審判。然而，有人出面喊停。是昔日命平針執行暗殺計畫的長州派政府高官那幫人。

他們害怕平針會說出過去犯下的罪行。雖然「政治犯一律死罪」，但在京都被捕的平針送到東京審判，等於是延長平針活命的時間。那些急著想殺他滅口的人，絕不樂見這樣的安排。

他們不想讓平針來到東京，還有一個重要的理由，那就是江藤在東京。

江藤是當代首屈一指的理論家，只要他揮起法律理論的大旗，堪稱在日本國內無人能敵，他對自己的力量擁有絕對的自信。因此，江藤視「派系」如蛇蠍，深惡痛絕。就江藤來看，這些在力量上明顯不如他的愚蠢之輩，只因是薩摩藩或長州藩出身便位居高位，說什麼他都不能接受。

於是，江藤全力與派系開戰。一握有對方的弱點，他就會像惡鬼般毫不留情地鬥垮對方。他追究長州軍閥的腐敗，將擔任近衛都督的山縣有朋革職的「山城屋事件（註）」，便是個例子。

有江藤這號人物在，他們怎麼可能願意把平針帶來東京？長州派在背地裡使出各種手段，想辦法讓平針在京都接受審判。幸好在京都握有政權的，是同爲長州派的槇村正直。他絕不會做出對長州派不利的事。

然而，這種小手段對江藤新平當然行不通。

「掌管全國的法律，統管各處法院，是我們司法省的職責所在。」

江藤在各省的定期會議中率先發難。

「不徵詢司法省的意見，直接越級決定平針六五的審判，這正是不懂法治國家爲何的愚蠢行爲。身爲司法卿，我絕不允許這般蠻橫的做法。然而——」

說到這裡，江藤嘴角輕揚。

「讓身爲政治犯的平針活命，會惹來多大的麻煩，我江藤也相當清楚。連接京都與東京的東海道，路途漫長，萬一押解犯人的途中有人想劫囚的話，確實很麻煩……因此，我認爲沒必要千里迢迢將平針帶來東京，就由我們司法省主動前往京都，這樣不就行了嗎？」

這令人意想不到的提案，聽得長州派眾人不禁瞪大眼睛。看到他們慌亂的模樣，江藤笑著往下說：

「只有我一個人的話，這擔子實在太重了，而且近來京都情勢不穩，所以我會帶一名能幹的部下一同前往。」

話說回來——江藤露出嘲諷的笑容，接著道：

「決定要在京都審判的，就是各位吧。審判政治犯，屬於我們司法省的管轄範圍。這一點我不容許任何人有異議。」

「我要回監獄一趟。」

離開府廳後，師光對江藤說道。

「因爲我想聽聽署長怎麼說，而且還有其他事要調查。江藤先生，請先回旅館。之後我會一併向你報告。」

「說什麼傻話。」江藤瞪著師光，「下達指示的是我，你只要專心輔佐我就行了。」

「咦，意思是你也要去監獄嗎？」

這是當然——江藤應道。雖然這不是貴爲司法卿的這個男人該做的工作，但深諳江藤個性的師光只能默默順從。

註：御用商人山城屋和助向陸軍省等官廳借款，後來經商虧損，無法償還。此事爆發後，和助自殺，山縣有朋暫時下台失勢。

「我明白了。既然這樣，我馬上去叫人力車。請稍候。」
於是師光拄著傘，走到西堀川通。

三

「根據調查，果然是在稀飯裡下毒。」
監獄署長萬華吳竹沉穩地說道。這裡是府立監獄的署長室，裡頭只擺著簡樸的桌子和幾張椅子。
「毒藥的種類應該是石見銀山滅鼠劑（註）。摻入的毒量，可以輕鬆奪走一人的性命，我們試著拿去餵野狗，結果野狗只吃了一口就一命嗚呼。」
「如果是老鼠藥，想取得並不難，誰都能輕鬆準備吧。」
聽師光如此低語，萬華坐在椅子上點點頭。
「您說得對。如果是老鼠藥，這裡的資材室也有，而且沒特別上鎖，誰都能輕易進去，用紙包好帶走。」
「嗯，這樣的話，想透過毒物的取得管道來追查，就沒那麼簡單了。」
師光沉吟，撫摸著下巴。

「反過來看，誰有機會在平針的飯菜裡下毒？不能從這方面去鎖定凶手嗎？」

萬華緩緩搖了搖頭，應道．

「很遺憾，這也不太可能。在廚房將稀飯裝進碗裡後，到負責送餐的圓理送去給平針的這段期間，午餐的托盤一直放在配膳室。您也知道，我們的職員就這些人，一個人得同時兼顧好幾項工作。聽說當時圓理剛好有工作要忙，抽不開身，如果是那段空檔，誰都有可能在碗裡下毒。」

更麻煩的是——萬華補上一句：

「我問過全體職員，但大家都說『不知道』、『不清楚』，沒看到什麼可疑的人。」

「沒有能當證據的物品是吧。」師光低語。

「好，沒問題了。」坐在署長桌對面的椅子上，一直默默聆聽的江藤突然出聲。

「可是江藤先生，現下沒掌握到任何線索，要如何找出凶手？」

「你在說什麼啊？『查無任何線索』，表示『凶手是槇村，這是無從否認的事實』。鹿野，聽好了，我想你應該沒忘記，要對平針行刑，是昨天上午決定的事。」

註：江戶時代以砷黃鐵礦爲原料製成的一種滅鼠劑，主要成分是三氧化二砷（砒霜）。以礦山「石見銀山」來取名，只是爲了利用其名氣。

「是啊……」

「包括獄卒和女傭在內，自署長以下，監獄職員共二十多人，全都接獲這項通知。除了職員和囚犯以外，昨天待在監獄的還有三人，分別是我、你，以及老愛來催促行刑的槇村。而你和我當然知道平針在當天傍晚要被斬首的事。」

江藤雙臂盤胸，繼續道：

「我不想告訴槇村行刑的事，所以對眾職員下了封口令。或許有人洩漏消息，但就剛才的反應來看，槇村似乎眞的不知情。我再說一次，在一個得知自己當天傍晚就要被斬首的男人飯菜裡下毒，有誰會做這種蠢事？」

不過──師光插話：

「昨天槇村先生不是在這間辦公室一直和你爭論嗎……更正，應該說討論才對。他有空去下毒嗎？」

「不勞你操心。我們討論不出結果，他便離開了。當時我在監獄裡閒逛，不清楚詳情，但……喂，署長，聽說那傢伙後來又回到這間辦公室，對吧？」

「對，他只離開一會。不曉得他去了哪裡。」

看吧──江藤雙手一拍，說道：

「而且身為京都府大參事，這是他再熟悉不過的監獄了。即使他知道資材室和配膳室的位置，以及什麼時候會配送午飯，也不足爲奇。實際上，我們才來這裡沒多久，便很清楚這些細節。」

「就算他進入配膳室好了，他會知道哪個托盤是要送去給平針的嗎？」

「每個囚犯的托盤上，都會貼一張寫有名字的紙。」

聽萬華這樣回答，江藤雙手一拍，站起身。

「這下確定了，凶手果然就是槇村正直。除了他以外，凶手不可能是其他人。好，我去資材室查看。鹿野，你再去平針的牢房檢查一次。記住，只要是可疑的東西，就算是小小的線頭也不能遺漏。那麼，署長，麻煩你帶路。」

全國聞名的司法卿說要親自調查，萬華連忙站起。

「不不不，這種雜務怎能勞煩大人呢。」

但江藤新平話一出口，就不可能聽勸，最後萬華只能乖乖帶路。

「既然這樣，就由圓理來爲鹿野先生帶路吧。」

在萬華的叫喚下，那名青年——圓理京來到署長室。與先前在平針的牢房見到的時候一樣，圓理白淨的面容，令人聯想到能劇面具。

「那就麻煩你了。」

儘管師光這麼說，他也只是默默低頭行一禮。

「不過話說回來，還眞是遺憾啊。」

師光對走在前面的圓理說道。

「你應該很想親自爲令尊報仇吧？」

隔了一會，圓理小聲應一句「我習慣了」。

「之前加入新撰組時，我多次抓到平針的狐狸尾巴。可惜每次都有人礙事，讓他逃了。」

「哦，你和平針六五對決過嗎？實在不簡單。」

圓理略顯慌亂地回頭解釋：

「不，絕對沒這回事，我不過是在市內巡視，追查平針的下落，不曾對上他。」

圓理一臉尷尬地接著說：

「總之，後來聽說平針已返回長州藩，於是我離開新撰組，前往追查他的下落。但當時長州藩戒備森嚴，不會輕易讓外地人進入。這樣蹉跎之際，爆發了戊辰戰爭，幕府就此瓦解，猛然回神，我已在這種地方當起獄卒。」

圓理打開牢獄的外門，發出「卡嚓」的一聲巨響。

「不管做什麼事都慢一步，這就是我圓理京的人生……我們到了，請確認。」

牢獄內闃靜無聲。師光默默走在通道上，拐過轉角。圓理跟在他的身後。

站在平針待過的牢房前，師光打開牢房門，彎腰走進去。

屍體當然已搬走，但榻榻米上仍散落著幾顆忘了清除的米粒。師光從這些痕跡上移開目光，環顧牢房。

除了單薄的棉被折好擺在角落外，牢房內沒有任何稱得上是家具的東西。別說書桌了，連一張坐墊也沒有。

「遺體送回來了嗎？」

師光觀察著牢房內，向牢房外的圓理詢問。

「不，在江藤大人的命令下，目前仍在驗屍，應該明天就會送回。」

師光低吟一聲，跪坐在榻榻米上。他不在意衣服會弄髒，整個人趴了下來，著手檢查這間鋪了榻榻米的牢房。圓理急忙出聲喚道：

「鹿、鹿野先生，這種事交給我們來做就好。」

師光攤開折好的棉被，笑著說「不不不」。

「因爲這是司法省人員必須親自調查的案件，要是請你幫忙，我會挨江藤先生罵的。」

師光靠向深處的牆壁，抬頭仰望採光窗。窗戶離地約七尺半（二四〇公分），不是墊腳就能搆著的高度。而且窗上還嵌著粗大的格子柵欄。師光伸出手中的傘，試著敲了兩、三下，但只引來塵埃飛舞，格子窗文風不動。畢竟此處是牢獄，這也是理所當然。

圓理老弟——師光喚了一聲，轉頭望向他。

「依你所見，平針六五是個怎樣的人？」

圓理思索片刻，回答「他是個寡言的男人」。

「他往往一整天什麼話也沒說，只是默默坐著。該怎麼說呢，看起來實在不像是個手染鮮血、背負好幾條人命的男人。」

「他可能是對自己的境遇感到絕望吧。」

圓理搖頭，「這可難說。不過，昔日同志見死不救，最後他只剩被斬首一途，這樣的處境任誰都會感到絕望吧。」

「這也有道理。」

呃——這次換圓理從牢房外出聲搭話：

「可以請教您一個問題嗎？」

「這個嗎？」

師光注意到圓理的視線，舉起手中的黑傘。

「大家常問我這個問題，其實也沒什麼。因爲要是擱在某處，就會忘了帶走，我索性隨身攜帶，如此而已。況且在京都這個地方，不知何時會落下什麼。」

哦——圓理一副愣住的神情。

「這東西很方便呢。話說回來，這裡好像沒什麼特別之處。」

師光拍了拍身上的塵埃，這麼說道。

「您要回去了嗎？」

「嗯，江藤先生應該那邊差不多要結束了……」

師光說到一半，傳來外門開啓的聲響。同時，有道響亮的腳步聲迅速靠近。

「鹿野，發現什麼了嗎？」

是江藤。萬華急急忙忙地追在後頭。圓理就像往後躍離般，靠向通道旁，隨即低頭行禮。

「哦，是江藤先生啊，這裡沒什麼特別的發現。我原本以爲平針會留下遺言。」

「遺言嗎……署長，從昨天開始，都沒人動過這裡吧？」

「是的，自然保留了案發當時的原樣。」

江藤搔抓著頭髮。看來，資材室那邊似乎也沒什麼斬獲。

「沒辦法，只好先撤退……嗯？」

江藤注意到縮著身子站在角落的圓理，問道：

「哦，你就是圓理京吧。」

圓理的肩膀明顯看得出在顫抖。

「令尊圓理佐佐悅的大名，如雷貫耳。在人人鼓吹攘夷的情勢下，他率先主張開國的優點，眞是慧眼獨具啊。如果令尊能多活幾年，想必就能壓制住薩長那幫人的氣焰，身居高位。」

圓理的汗水像瀑布一樣流個不停，臉色蒼白，始終低著頭。

「平針一事實在令人遺憾，不過，再怎麼心有不甘也沒用。殺敵報仇這種老舊的想法，還是儘早忘了，要好好精進自己，不辱沒令尊的名聲，這樣才對。好，鹿野，我們該走了。我肚子餓了，找個地方吃飯吧。」

四

「眞的是槇村先生下的毒嗎？」

師光向坐在對面的江藤問道。地點在東堀川須磨町一家蕎麥麵店「是空」。

「這樣推測確實最爲合理，但總覺得有點可疑。這次的案件，無論怎麼想都不單純。」

不過──江藤拿起茶杯，說道：

「話雖如此，我也沒其他的看法了。此事姑且不談，剛才你提到遺言，也就是說，你還在懷疑平針可能是自殺？」

師光盤起雙臂，狀甚苦惱。

「有這個可能。來到這裡之前，我試著思考過他自殺的可能性——或者除了槇村先生以外，是否眞的沒人有毒殺他的企圖，最後還是想不透。」

「什麼事想不透？」

「每個推論最後都差一點。雖然乍看之下覺得『這好像有可能』，卻有許多令人在意的破綻。最重要的是動機的問題，無法理解他人究竟是怎麼想的。愈是細想，陷得愈深。雖然這並非適合邊吃邊聊的話題，但可以請你聽聽我的想法嗎？」

「好啊，無妨。」

江藤面前擺著一碗天婦羅蕎麥麵，師光面前的則是蕎麥涼麵，兩人點的都是大碗。

「謝謝你的配合。」

師光以番茶潤喉後，說出自己的想法：

「先談談前提，平針的死，我想從自殺與謀殺這兩種可能性來探討。雖然可能是意外死亡，但我不認爲分量足以毒死一人的老鼠藥會不小心混進碗裡。平針究竟是自己服毒，還是遭某人下毒呢？如果要以情況來區分，會集中在這兩種可能性上——既是這樣，我想先針對平針死於自殺的情況來思考。」

自殺是吧——江藤咬斷蕎麥麵，喃喃低語。

「可是，現場完全沒留下遺言之類的東西吧？」

「自殺者不見得都會寫下遺言。如果平針是自殺，眼下最令人頭疼的『為什麼即將處死的罪犯會遭殺害？』這個謎題，便可馬上解開。因為他是自行服毒而死，所以這已不再是謎題。」

「果眞如你所說，平針是自殺，那就表示『被告知突然要行刑的平針，由於當天傍晚就要行刑，時間緊迫，他心生恐懼，自行服下暗藏的毒藥』……」

「沒錯。」師光吸了一口蕎麥麵，「不過，這說法有兩點教人難以接受。第一點，『為什麼平針現在才服毒？』。」

「現在才感到恐懼，你覺得奇怪是吧？」

「沒錯。死罪，而且是斬首，這是老早就決定好的事。如果他怕死，大可在宣布判決的那一晚就自殺。如果他期待特赦，倒還另當別論，但等待一個不知是否會降臨的機會，這也教人難以接受。」

「他在等待的這段期間表現得泰然自若，但也可能是得知當天傍晚就要被斬首後，突然害怕起來。面對死亡時，不是每個人都能淡然處之。」

江藤露出嘲諷的笑容。

「不過，如果這麼想的話，接下來就會遭遇第二個疑問：『那麼重視武士尊嚴的平針，眞的會害怕死罪，選擇自殺嗎？』」

這是什麼問題——江藤露出納悶的神情。

「你想說，平針六五不是個會害怕斬首而自殺的男人嗎？」

師光啜了口茶，應道：

「我是這麼認爲。至少平針是個極爲看重武士道的男人。直到最後，他都沒說出長州派過去的所作所爲，由此也可充分證明這一點。這樣的他會自殺嗎？而且是服毒自盡？」

江藤咬了一小口天婦羅，回答：

「很難說，也許是這樣，也許不是。不過，光憑這一點，難以否定平針是自殺。因爲這兩點始終都跳脫不出推測的範疇。不，我自己說這話實在有點怪。」

江藤猛然想起自己是主張槇村爲凶手的第一人，不禁苦笑。

「就算沒提出這兩個疑問，應該也有其他事實可以更明確地否定平針是自殺吧。鹿野，那就是你的報告。」

江藤停下筷子，繼續道：

「你聽好了，萬華署長說，毒藥是摻在稀飯裡。果眞如此，平針就是在午餐送進牢房後，親手將暗藏的毒藥融入稀飯裡。不過當時你就在牢房前，如果是平針下毒，只能想成是當著你的面那麼做。話說鹿野，你看到他下毒了嗎？」

「不，他沒做出那樣的動作。」

我猜也是——江藤舉筷指向師光，說道：

「那麼，就當是你看漏了吧。即使如此，還是有疑點。爲什麼平針要刻意當著你的面摻毒呢？法官就在他面前，雖說牢房門鎖著，還是很有可能在他服毒前，拿走他的毒藥。就算他沒那麼做，只要等你離開再服毒，不就行了嗎？」

原來如此——師光低語：

「從摻毒的機會來看，實在很難想像平針是自殺。」

江藤呵呵輕笑，師光不由得讚嘆：

「你還是一樣目光犀利，令人欽佩……不過，這麼一來，自殺的說法就幾乎不可能成立了。」

「進入下一個假設吧。謀殺說才是我們眞正看好的。」

江藤一口氣喝光杯裡的番茶，接著道：

「首先得釐清一點，如果平針是遭人殺害，凶手便是待在監獄內部、而且可以隨意進出的人。這裡是府立監獄。不是外部人士可以隨便進入的場所。事實上，也沒人目擊到可疑人士。就算是外部有人下達指示，動手執行的也是監獄內部的人。」

「自萬華署長以下，監獄職員共二十多人。再加上外部人士江藤、槇村、鹿野三人，凶手就在這些人當中吧？」

「另外還有幾名囚犯，不過，既然他們無法離開牢房，就跟下毒的事無關了。」

的確——師光頷首，應道：

「這麼一來，如果是謀殺，問題就出在『爲什麼一名即將執行死刑的罪犯會遭到殺害？』這件事上。對此，我首先想到的答案是『因爲凶手不知道平針要被斬首的事實』。也就是說，一名不知平針即將受刑的人，下手毒殺平針，才會演變成如此詭異離奇的事態。而符合以上條件的人，只有槇村先生。」

面對吸著蕎麥麵的江藤，師光接著說：

「做出死罪的判決後，我們一直打著『另案調查』的名義，持續對平針進行偵訊。目的無他，就是爲了查出他們過去的所作所爲：誰下了什麼命令，造成什麼結果。因爲是江藤先生你親自偵訊，長州派那幫人想必會寢食難安。雖然不知東京那邊是否下達指示，但怕夜長夢多，槇村先生還是想殺了平針滅口——這是第一個可能性。」

江藤露出納悶的神情，問道：

「你說『第一個』，意思是有其他可能性嗎？」

「畢竟這是可能性的問題。第二個想到的可能性恰恰相反，也就是『明知平針會被斬首的事實，還刻意加以毒殺』的情況。」

說到這裡，師光停頓片刻，又吸了一口蕎麥麵。

「對政府變節的開國和親政策感到不滿的人，想必不少。在他們的心中，平針是英雄。若是削除英雄的武士身分，將他斬首，你猜景仰他的人們會怎樣？」

嗯——江藤抬起眼，陷入沉思。

「不用說也知道，平針是犯下叛逆重罪的罪人。沒意外的話，斬首後，他的頭顱會連同罪狀一起曝晒在粟田口或三條河原。」

畢竟是斬首示眾——師光低聲說道。

「那不是切腹。身爲武士，再也沒有比那更屈辱的事了。因此，我想到的另一個可能性是『毒殺平針，會不會是爲了阻止他被斬首示眾？』。」

「只要先殺了平針，平針就不會被斬首，頭顱也不會被曝晒示眾，所以才下手殺了他嗎？」

江藤冷冷一笑。

「這怎麼可能！再怎麼說，也沒這樣的理由。話說回來，鹿野，爲了殺雞儆猴，謀逆的罪犯一定會斬首示眾。不管是不是被毒死，還是會從屍體上斬下頭顱，和罪狀一起曝晒展示。身爲司法少丞的你，不可能忘了吧？監獄的職員也不可能不知道。至於槇村，不管他知不知道，我都不認爲他會有這樣的慈悲心。」

「不過，也不能說得那麼篤定。」師光倏然傾身向前，「以這次的情況來說，凶手知道只要殺了平針，平針的頭顱就絕對不會被曝晒示眾。你應該也知道吧？平針的屍體是毒殺案件的重要證據，自然馬虎不得。」

嗯——江藤抬起臉，應道：

「罪犯行刑在即，卻遭人殺害，司法省可謂顏面盡失，當然會積極展開搜查——這一點應該誰都想像得到吧。而司法省絕對不會放掉這麼重要的證據。事實上，目前遺體已送去檢驗，正對每個細部深入調查。如果凶手早就看出這一點，刻意下毒的話，會有什麼後果？」

舉例來說——師光答道：

「監獄署長萬華吳竹，他與平針同樣是長州奇兵隊出身。平針的起事，是隨著奇兵隊的叛亂而展開。身爲昔日同志，無論如何都會希望避免平針被斬首示眾的情況發生。就算他這麼想也不足爲奇。」

江藤拿著筷子，盤起雙臂。「經你這麼一說，確實不能輕忽……嗯，等等。」

「你發現了嗎？」

見江藤有所反應，師光吁了口氣。

「沒錯，這個假設不可能成立。你剛才提到的斬首迴避說，乍聽之下頗有道理，卻存在著一個明顯的矛盾之處。如果對方是要避免平針被斬首，甚至是被斬首示眾，以守護平針身爲武士的名譽，只要拿把短刀給牢房裡的平針就行了。這麼一來，平針便可在被斬首前自行切腹，保全他武士的名分。不論凶手是誰，只要他是監獄的職員，要偷偷丟一把短刀到牢房裡，不讓人發現，應該是輕而易舉的事。然而這次的案件，卻是在稀飯裡下毒，用這種拐了個大彎的方式來避免平針被斬首示眾，不管怎麼想都很奇怪。」

「的確。」

江藤將炸蝦連同尾巴都塞進嘴裡，嚼得卡滋作響，點了點頭。

「感覺也不像是明明有其他更輕鬆的做法，卻刻意選用這種手段。這也不可能。」

「所以我才想不透啊。我想得到的可能性，只有以上三種。其中的兩種，我實在無法接受。最後繞了一大圈，又回到原點。」

「不，你沒必要爲此苦惱。」

江藤擱下筷子，接著道：

「說出來你是否心裡舒暢多了？凶手肯定是槇村。想必他是害怕平針洩漏長州派過去犯下的惡行，才急著殺人滅口。槇村避開職員的耳目，偷偷潛入配膳室，在平針的稀飯裡下毒。這就是眞相——好了。」

江藤霍然起身，繼續說：

「接下來我們要努力收集可以用來逮捕槇村的證據。我不認爲那個蠢貨是按照自己的意思採取行動，可能是東京那邊有人下達指示吧。我會以府廳爲主來打探有無遺留痕跡。你再去監獄檢查一次，只要鎖定槇村展開調查，一定能查出些什麼。職員的證詞也要再徹底詢問一遍。喂，老闆，錢就放這裡嘍。」

江藤將兩人份的蕎麥麵餐費放在桌上，匆匆準備離去。蕎麥麵還沒吃完的師光，急忙跟著站起。

「請、請等一下！江藤先生，如果你要去府廳，我陪你去。」

「不需要。」

江藤朗聲應道，師光頓時僵在原地。

「再這樣蹉跎下去，對方也許會消滅證據。既然我們有兩個人，同時分頭調查兩個地方比較有效率。這是司法卿的命令。你去監獄一趟，無論如何都要找出證據！」

留下師光一人呆立原地，江藤瀟灑地步出店外，在紅輪逐漸西傾的午後，沿著東堀川通往南而去。

五

地點又回到六角神泉苑的府立監獄。在萬華署長的帶路下，師光拄著傘，走在木地板鋪成的走廊上。

不過話說回來——萬華開口：

「眞是萬萬沒想到平針會遭人殺害。」

「哦，這麼說來，署長您認爲平針不是自殺？」

萬華急忙搖頭否認：

「不，不能這樣斷言。不過，該怎麼說呢，我只是隱約有這種感覺。」

兩人沉默地在走廊上前行。

「對了。」走了一會，師光像突然想到似地說道：「聽說平針的處刑人，是由圓理擔任，他是自願的嗎？」

對——萬華低聲回答：

「說是自願又不太對，不過也差不多。平針六五是圓理的殺父仇人，這件事大家都知道，所以平針移送到此處時，自然就交由圓理負責。不過，當初圓理曾說『因公務而斬殺平針，只是履行職務罷了。斬殺一個雙手受縛的對手，根本不算是報仇』，拒絕接下這份差事。該怎麼說呢，他實在是個一板一眼的男人。」

「原來如此。」

師光想起圓理那宛如能劇面具般的臉龐，暗自苦笑。

「話雖如此，平針終究是他的殺父仇人，最後他還是說『由我來斬首』，每晚在這裡的後院砍稻草柱自我鍛鍊。行刑過程中萬一出了什麼差錯，那就麻煩了。就算沒有報仇這層緣故，我們可能還是會命圓理當處刑人吧。」

「是看上他待過新撰組的資歷嗎？」

沒錯——萬華頷首應道：

「畢竟斬首是很不容易的一件事。」

人的頸骨遠比想像中堅硬，因此，不論是爲切腹者介錯，還是替人斬首，要砍下首級絕非易事。要是不能巧妙地將刀刃滑入頸骨的關節間，刀會一再反彈，怎麼也砍不斷首級。只要失手一次，罪犯就會痛苦難當，接下來要準確地斬首，更是難上加難。被噴飛的鮮血染紅全身，而感到焦急的劊子手，一再揮刀的畫面有多令人不忍卒睹，就無須多說了。

不過——師光說道：

「我這麼問或許有點奇怪，爲什麼署長您不讓平針切腹呢？」

對著走在前方的萬華背後，師光接著說：

「以署長您的身分，要偷偷送一把短刀到牢房裡，只是小事一樁吧。」

萬華低聲輕笑。「眞沒想到會聽見司法少丞鹿野先生說出這樣的話。這麼說來，鹿野先生認爲是我下的毒嗎？」

不——師光否認：

「如果署長您是凶手，不會用這麼拐彎抹角的手法。所以我才想問您，爲什麼不替平針安排，讓他保有武士的尊嚴，自我了斷？」

「平針深感絕望……」

沉默半晌，萬華緩緩開口道。前方已可望見這棟牢獄的外門。

「自從平針被移送到這裡後，有一次我隔著牢房門和他說過話。如同鹿野先生您說的，我原本是想遞給他一把短刀，要他『切腹自盡』……就算最後他的首級仍會曝晒示眾，至少能保有武士的尊嚴，選擇自我了斷，我是這麼替他設想。可是……」

萬華來到外門前，停下腳步，緩緩轉過身。

「平針只是默默搖頭，不想接受任何幫助。想必他連自盡的動力都喪失了。那是超越憤怒和悲傷，無盡的絕望……我眼中的他，已看破一切，決定任由他人擺布。我之所以說他是遭人殺害，就是這個原因。」

鹿野先生——萬華喚道：

「我不認爲平針是自殺，或是有人刻意殺害一名即將被斬首的罪犯。我實在搞不懂。凶手眞的存在嗎？」

「但事實上，平針就這麼死了。」師光說，「人會死，必有原因。」

萬華垂下目光，將鑰匙插進外門的鑰匙孔，用力一轉。

門發出響亮的「卡嚓」聲，頓時開啓。

萬華離開後，師光坐在牢房前的椅子上，注視著昏暗的牢獄內部。

「平針是遭人殺害……」

師光喃喃低語，彷彿在說給自己聽。接著他緩緩閉上眼。

「平針六五遭人殺害。誰殺的？不，爲什麼……？」

在師光的心中，自殺說早已不存在。署長說的話，他並非照單全收，何況眼前還有江藤指出的下毒時機這個問題。更重要的是，他想到自己親眼目睹平針的死狀，更不覺得平針像是自殺。

「而且槇村不是凶手。」

如同師光不相信平針是自殺一樣，對於槇村下毒的想法，他亦存疑。

「的確，在那種狀況下，要是平針遭到毒殺，嫌疑最重的人非槇村莫屬。但就算是政府下令，他貴爲京都府大參事，會願意弄髒自己的雙手嗎？」

「我可是京都府大參事」，師光想起先前槇村的這句怒吼。並非身居高位的人，就不會動手殺人。不過師光根據自身的經驗，認爲愈是這樣的人，愈排斥弄髒自己的手，往往會命令別人下手，自己只想在安全的圈子裡安穩度日。

槇村絕對也不例外，即使不刻意選擇親自下毒這種危險的做法，只要找監獄的某個職員，命其偷偷在平針的飯菜裡下毒就行了。

「但若是這樣的話，又有些奇怪。」

師光抬手抵著額頭，說道：

「若槇村採用這種做法，那名奉命行凶的職員應該會告訴他，平針將在當天被斬首。這麼一來，毒殺計畫沒取消就太不合理了……」

然而實際上，稀飯裡的確下了毒。這樣看來，果然是槇村不知道要行刑的事，而自己動手下毒。

「殺害平針達到滅口的目的，與他貴爲京都府大參事，一旦此事敗露所付出的代價相比，怎麼看都划不來啊。」

除了槇村以外，另有他人毒殺平針的可能性，師光也考慮過。重新調查監獄時，他發現一名在廚房煮飯的女傭，腦中突然浮現一個念頭。

「假設那名女傭對平針恨之入骨，可能和圓理一樣，父親遭平針殺害。平針以政治犯的身分被逮捕，斬首示眾，但這始終都是透過他人之手來懲罰他。如果是男人，還能自願當處刑人，但如果是女人就沒辦法這麼做。儘管如此，還是想親手殺了平針洩恨時，女人會怎麼做？」

女人應該會在飯菜裡下毒吧。爲了在行刑前親手殺了平針。

「這麼一來，毒殺一名即將被斬首的罪犯，凶手就有了動機。如果是要下毒，想必多的是機會，不過畢竟是殺人，理所當然會猶豫，想到這一點，就算她一直拖延到現在，也不足爲奇。」

思考到這裡，師光噗哧一笑。這個想法也有矛盾之處。

「如果在午飯裡下毒，煮飯的女傭會最先被懷疑。我不覺得她會刻意採用這種讓自己被懷疑的方法。」

從高窗照進的陽光，漸漸透著紅光。再去一趟資材室吧，師光準備從椅子上站起時——

「啊……」

某個想法從師光腦中掠過。

師光臀部微微離開椅子，再度坐下，雙手緊按雨傘的傘柄。他再次爬梳腦中的想法，雙脣緊抿，像雕像般一動也不動。

不知過了多久，紅輪已隱沒山頭，整座監獄沒入暗夜底端，這時師光才緩緩起身。

他拄著傘，獨自走在寂靜的走廊上。從窗外射進的蒼白光線中，不知爲何，他的臉上布滿憂鬱之色。

六

蒼白之月照亮了夜晚的京都。圓理京仰望夜空，暗想今晚不需要點燈了。

圓理左手拎著一個用布包裹的細長之物，鑽過監獄後方的木門。現在已過子時（凌晨十二點），路上不見人影。

圓理居住的長屋位於烏丸上立賣的大聖寺宮後方。沿著東堀川通往上走，來到上立賣後轉彎往東行，不到半個時辰就能抵達。

圓理重新拿好布包，準備邁出腳步時——

「晚安。」

背後有人出聲叫喚，圓理不由得回頭。

「忙到這麼晚，辛苦了。」

「鹿野先生……」

鹿野師光拄著那把傘，站在圍牆的轉角處。

「您搜查完畢了嗎？」

「就是爲了那件事，想問你幾個問題。」

師光邁開他的短腿，朝圓理走近。

「記得你家是在烏丸上立賣，對吧？我住的旅館位在百萬遍。這麼巧，中間這段路我們就一起走吧。」

不理會圓理冰冷的視線，師光與他並肩同行。

圓理面朝前方說道：

「您大可不必等到這麼晚，有事吩咐的話，我可以跑一趟。」

「不不不，你也有你的工作，而且我去了許多地方。對了……」

師光望向圓理手中的東西，問道：

「那是什麼？很長呢。」

圓理微微抬起手中的布包，回答：

「是備前長光(註)——家父的遺物。爲了斬殺平針，我勤加保養，但如今放在監獄也沒用處了。我要帶回家，擺在壁龕。」

這樣啊——師光閉口不語。圓理也什麼都沒說，兩人在沉默中走過豬熊通的十字路。

「然後呢？」

註：鎌倉時代後期的備前國長船派的刀匠，他打造的刀以其名來命名。

圓理望向師光。

「您不是有事要問我嗎？如果是那天發生的事，我應該都說過了。」

「對。要問的不是那件事，又有新的事想向你確認。如果有哪裡說得不對，請告訴我一聲。」

師光緩緩回望圓理，接著平靜地問：

「在平針的稀飯裡下毒的人，圓理，是你吧？」

澄澈的月光照亮夜晚的六角通。兩人沉默無語，靜靜地並肩走在大路上。

「除了你之外，我實在想不出還有誰會對平針下毒。」師光平淡地說道。

「您怎麼突然說起這種奇怪的話？」圓理低聲嗤笑。「我殺了平針？這太可笑了。平針是我的殺父仇人啊，在行刑前殺了他，刻意錯失手刃仇敵的機會，對我有什麼好處？」

「話不是這麼說。」師光嚴肅地應道。「由於某個避不掉的原因，你非殺平針不可——因爲你不想殺平針，所以才殺了他。」

一陣寒冷的夜風從兩人中間吹過。

「……不懂您的意思。因爲不想殺他，所以才殺了他？這豈不是矛盾？」

圓理滿含怒氣，還是極力保持冷靜往下說：

「不管怎樣，當天傍晚就可以斬下平針的人頭，我有必要刻意先下毒嗎？」

「不對，」師光打斷圓理的話，「正因是當天傍晚。」

越過西堀川通的兩人，走過小橋，在六角通的轉角處拐彎。大路上只有師光拄著雨傘發出的「叩、叩」聲響。

「我這樣說對嗎？」

師光仰望夜空，繼續道：

「身為平針的處刑人，你沒把握順利斬下他的首級吧？」

圓理就像被雷打中般，呆立原地。走了幾步後，師光也停下腳步。

「所以你計畫搶在行刑前，先毒殺平針。這樣就能在不得已的情況下，免去擔任處刑人這項職務。我認為這『不得已的情況』，正是平針遭到毒殺的真正原因——你將以處刑人的身分斬殺一名政治犯，而且這男人是殺害自己父親的仇敵。斬首等同復仇，要是沒能順利斬下他項上人頭，那是何等不名譽的事啊。這點不必我贅述吧。」

「別開玩笑……」

圓理仍是一副蒼白的面容，聲嘶力竭的叫喊著。同時，他顫抖的手指在布包上滑動，捏住繫繩，解開繩結。從布包裡露出黑色刀柄。

「您根本是胡亂瞎猜。居然說我是對自己的刀法沒把握才毒殺他，您的意思是，我是個膽小鬼嗎？」

圓理右手緊緊握住刀柄，不讓背對他的師光察覺。

「我不是這個意思。」

師光搖頭，解釋道：

「我沒說你是膽小鬼。的確，平針六五是殺死你父親的可恨仇敵，但周遭人都說『你終於可以報仇了』，把你拱了出來，無從推辭的你非常苦惱……」

就在這時，圓理拔刀出鞘，雙手緊握刀柄，往前跨出兩、三步。他擺出上段架勢，猛力朝師光後腦揮落一刀。然而——

「啊。」

轉瞬之間，圓理只見師光一個扭腰，同時一道銀光斜向劃出。

傳來「噹」的一聲巨響，刀子從圓理手中彈飛。受到強烈衝擊而倒地的圓理，緊按自己發麻的左手，難以置信地望向對方。

「你的踏步不夠紮實，那樣是斬不了人的。」

手中的傘——從傘柄延伸出的銀白色刀刃閃閃生輝，師光如此說道。

「藏刀傘……」

圓理低吼。傘柄擔負了刀鞘的功能，刀鋒與長刀無異。

「之前在監獄裡我不是說過嗎？不知何時會落下什麼。」

師光緩緩放下刀，繼續道：

「在西邊諸藩中，尤其是京都，是對政府不滿的人聚集的大本營。司法卿要是手無寸鐵走在街上，實在很危險。臨時法官和事務輔佐也是一樣，不過，在江藤先生身邊擔任護衛，是我這次最主要的工作。」

圓理頹然垂首。

「卡嚓」一聲，師光將刀刃收回傘內，望向垂首的圓理：

「當時要是我沒在牢房前，案子大概就不會變得這麼複雜了。原本應該只有負責送飯的你，才有機會目睹平針遭毒殺的死狀。『提到處刑的事時，平針吐露對政府的怨恨，當著我的面服下他暗藏的毒藥』，事後你只要這樣捏造理由向上級報告就行了。大家都不覺得會有人毒殺一名即將被斬首的罪犯，應該馬上就會接受你的說詞。」

師光腦中浮現當時圓理那蒼白的面容，接著說：

「你看到我坐在牢房前，肯定十分慌亂。因爲有其他證人在，你無法捏造證詞。但稀飯裡已下毒，這時折返會顯得很不自然。不得已，你只好將下了毒的稀飯遞給平針。儘管知道這會導致令人費解的結果。」

「鹿野先生，您來到監獄的事，我早就知道了。」

圓理啞聲低語：

「之前我想查看平針的狀況，前去借鑰匙時，有人告訴了我。我心想，您應該不會久待。可是鹿野先生，您卻在平針的房牢前坐了下來。我腦中一片空白，極力保持冷靜，不讓您看出我的慌亂，連自己當時是怎麼離開那裡的都不記得。後來我才想到，只要故意讓托盤掉落地上，就能自然地重新準備一碗稀飯，但事情已發生，無可奈何。」

既然圓理是凶手，之前令師光百思不解的下毒時機，也就能輕易解釋了。

「由你擔任平針的處刑人，這件事很早以前就已決定，而且爲平針送飯也是你的工作。說到下毒，想必機會多得是，爲什麼你之前不下手呢？你應該是相信自己現在雖然刀法不精，但只要勤加鍛鍊，總有一天能抹除心中的不安吧？」

「是我沒用……」

圓理低著頭，一滴淚水落在膝上。

「聽到萬華署長指派我負責處刑時，率先浮現腦中的是家父的臉龐，而不是終於能報血海深仇的喜悅。我害怕自己沒成功斬下首級，會遭人譏謗『眞不配當圓理佐佐悅之子』。不管再怎麼鍛鍊，我還是不相信自己的刀法。對我來說，家父的名氣就是這般響亮，而又沉重。在那幾乎令我喘不過氣的巨大壓力下，猛然回神，我已走向資材室，拿起老鼠藥的容器……」

圓理聲若細蚊地繼續道。

「我原本沒想要殺平針，所以只用紙包了兩小匙的毒藥。我心想，只要平針倒下，行刑的日子延期就行了。等到明天，也是後天，或許我就有自信握刀了——我是這麼想的。」

師光撿起掉落地面的刀，收進刀鞘，輕輕遞到全身顫抖的圓理面前。圓理慢慢站起，不發一語地接過。

月光下，兩人緩緩邁步前行。

「不，也許我心裡希望他就這麼死去……」

圓理悄聲呢喃，師光在一旁默默聆聽。

鹿野師光與圓理京，兩人之間沒有言語，就這樣緩緩走在沉浸於暗夜中的東堀川通。

七

「喂，鹿野，要回去了。」

翌晨，師光才剛起床，江藤一開口就這麼說道。

「終於想到逮捕槇村的方法了，接下來只剩回司法省準備需要的文件。」

江藤輕撫著下巴，呵呵輕笑。

「你說回去，是回東京嗎？」

師光還搞不清楚狀況。

「這麼說來，你已發現關鍵證據，可以證明槇村先生是凶手？」

不──江藤否認得很乾脆。

「證據應該都處理掉了吧。像是由東京方面下達指示的文件，府廳裡早就一樣也不剩。」

「這樣的話……」

先聽我說──江藤打斷師光的話。

「如同我剛才說的，我在府廳打探槇村周邊的消息，結果發現了更適合用來辦他的案子。」

江藤嘴角輕揚，繼續道：

「京都有名叫小野組的商家。經調查後，發現槇村仗著京都府大參事的身分，違法限制小野組的匯兌業務。這不就是行政欺壓嗎？我已跟小野組的掌櫃談好。接下來先回司法省，等候起訴。無論京都府大參事的職位再高，一旦被起訴，就任我宰割了。我能以司法省的權限拘禁槇村。」

「可、可是……」

面對緊纏不放的師光，江藤不耐煩地揮了揮手。

「你眞是煩人。凶手肯定就是槇村，我們不是在東堀川的蕎麥麵店徹底討論過了嗎？只要藉小野組那件事將他拘捕到案，之後再嚴刑逼供，要他從實招來就行了。不管有沒有關鍵證據，只要能取得他的自白，就算我們贏了。好了，你快去收拾準備。這次回東京，要從大阪走海路，沒閒工夫磨蹭了。」

江藤說完便轉身離去，師光無言以對。江藤那爲達目的不擇手段、貫徹意志的駭人模樣，令師光大爲愕然。

「這個人實在是……」

就在這時，有個想法像閃電般掠過師光的腦海。

蕎麥麵店、監獄、堀川涌。師光針對平針遭毒殺的理由，設想過許多可能性。毒殺一名即將被斬首的罪犯——師光動腦去挑戰這個乍看之下毫無意義的殺人案。最後他終於查出眞相，但過程中討論的各種可能性，全是以「爲了殺害平針而下毒」這樣的構想爲前提。然而，眞的只是這樣嗎？

「我原本沒想要殺他」，昨晚沒特別放在心上的圓理那句話，突然在師光腦中迴響。也可能不是爲了殺平針，而是爲了讓他活命才下毒。

這乍看之下充滿矛盾的想法，仔細思考後，倒也不覺得奇怪。換句話說，如果讓一名即將被斬首的罪犯服下量不足以致死，但會影響其生死的毒藥，這樣會造成什麼後果？

師光不認爲會強行將瀕死的罪犯拖來，照樣斬首。可能會延後處刑，等待罪犯康復，而這正是圓理的目的。只要延後處刑，他就有更多時間鍛鍊。重要的是，即便只是暫時延後，這段時間他就能從難以承受的沉重壓力中獲得解放。

所以圓理才會下毒。想要不毒死平針，又能引發身體不適，於是他在午餐裡摻入兩小匙的毒藥。

然而，實際上稀飯裡摻入了大量的毒藥。狗吃一口就當場斃命的大量毒藥——平針就此一命嗚呼。

當然，也有可能是圓理作僞證。這個可能性反而比較高。但師光發現，平針的處刑延期的結果，能得到好處的人絕非只有圓理。

「要是處刑延期，司法省不就能繼續偵訊平針嗎……」

不光爭取到偵訊的時間，只要編出「長州派爲了封住平針的嘴，終於再也無法按捺，毅然下手毒殺他」這樣的劇本，就算是頑固的平針，或許也會憤而吐露過去的所作所爲。如果這就是另一名凶手的目的……

師光知道自己是清白的，也知道那個男人爲達目的不擇手段，擁有冷血的一面，而且案發當天，他能在監獄內自由行動。

毒殺平針——該不會是兩個動機不同，但目的一致的人，各自下毒所造成的結果吧？

「江、江藤先生，你……」

師光忍不住朝那遠去的背影叫喚。

聽見師光聲嘶力竭的叫喊，江藤停下腳步，回過身來。

櫻

「在市政局次官五百木邊典膳位於武者小路室町下之妾宅，他與女傭遭人刺殺，其小妾射殺劫匪，整起事件始末如下。」

——出自《京都府司法顧問　鹿野師光報告書》

一

確認枕邊人傳出平穩的鼾聲後，沖牙由羅悄悄起身。

置於枕畔的的玻璃燈罩式洋燈，照得房內一片朦朧。由羅伸手轉動轉鈕，將火調小。

她維持上半身坐起的姿勢，臉轉向右邊。只見一旁的被窩裡，五百木邊典膳那頭髮花白的腦袋靠在船底枕上，睡得正熟。由羅悄悄伸手遮住他的臉，但他沒反應。於是，由羅靜靜地溜出被窩。

寒氣直滲體內，由羅穿著柳色睡衣的纖細身軀打了個寒顫，跪在棉被上。枕畔有個衣櫥型的菸草盆（註）。她緩緩拉開抽屜，從中取出一把手槍。

咚。

註：收納抽菸管用具的盆型或箱型道具。

槍托撞到抽屜發出聲響。她馬上望向五百木邊，但他沒有醒來的跡象。由羅將手槍揣在懷裡，站起身。

她的視線移向裝飾在壁龕上的一把長刀。由羅躡腳走近，毫不猶豫地握住白木刀鞘。她想起五百木邊曾自豪地說，這是明治維新之初，從某位大名家搜刮來的名刀，重量約二十兩（約八四〇公克）。以由羅的臂力，要揮動它綽綽有餘。

她拔刀出鞘，緩緩朝五百木邊的墊被走近。礙事的刀鞘拋到她自己的棉被上。

五百木邊依舊發出平穩的鼾聲。由羅單手拎著刀，站在墊被旁，默默俯視著五百木邊。她原本想說些什麼，卻說不出話。

由羅雙手緊握刀柄，確認他胸口的位置後，隔著棉被一刀刺下。

這是轉瞬間發生的事。五百木邊雙目圓睜，忽然一陣痙攣。他張大嘴，發出低吼聲。

由羅這個姿勢不知維持了多久。她猛然發現自己握著那把插在五百木邊胸膛上的刀，全身不住顫抖。她重新握緊刀柄，一口氣拔出。

刀尖滴落的血滴，化爲鮮紅的血漬，擴散到榻榻米的接縫處。由羅當場揮動長刀。鮮血飛濺至榻榻米和棉被上，但她毫不在意，反正很快又會有鮮血將這裡染髒。

腳下的五百木邊沒任何動靜，已完全斷氣，由羅離開屍體，讓火光照向刀身。血和油脂反射出溼滑的亮光，由羅捏起棉被的邊角仔細擦拭刀刃。

要完全除去血和油脂，得磨刀才行，但如果是像這床棉被一樣質地粗糙的布料，就能大致擦除血和油脂，光摸感覺不出來。

由羅轉動洋燈的轉鈕，略微把火調大。淡橘色亮光微微照亮房內。由羅藉著燈光檢查自己的模樣，乍看之下睡衣沒留下血漬。

接著她望向蓋在屍體上的棉被。幸好是冬天用的厚被，血還沒滲到棉被表面上。深吸一口氣，由羅著手進行某項安排。

「這樣就行了。」

而後她將洋燈的燈火調至最小，房間再次沉入黑暗中。五百木邊從被窩裡露出的臉龐變得更加陰暗，看起來像是仍在安睡。她用力嗅聞，沒聞到血腥味，可能是氣味都悶在被窩裡吧。不過，也可能只是她自己感覺麻痺。

由羅重新環視房內。這是約十張榻榻米大的房間，北邊有壁龕和博古架，西邊是壁櫥的門，南邊是面向走廊的隔門，以紙門和防雨門阻隔的東邊，面向庭園。家具類的東西很少，除了擺在枕畔的洋燈、菸草盆、裝著小茶壺和茶杯的圓盤外，只有北邊擺了一個木炭已冷卻的烤火盆。至於床鋪，從走廊往房內望，前方鋪的是五百木邊的墊被，裡頭則是由羅的墊被。

由羅打開隔門，悄悄來到走廊上。她拿著離鞘的刀，快步穿過昏暗的走廊，走向位於玄關旁的女傭房。

由羅屏氣斂息地站在房門外，正準備伸手時，隔門突然比她早一步移向一旁。她馬上把刀藏在身後。

「夫人？」

從門縫探出一張白皙的小臉，驚訝地望著由羅。

「日日乃，妳還沒睡啊。」

雖然佯裝平靜，但由羅感覺到自己心跳加速。

「我覺得口渴，正想去喝杯水。」

日日乃可能有點睡迷糊了，口齒不太清晰地應道。

「請問有什麼事嗎？」

由羅不發一語地注視著日日乃那還帶著稚氣的臉龐。她今年幾歲呢？約莫一年前開始，她便住在這裡負責煮飯洗衣，是個機伶又活潑的女孩。

由羅又喚了一聲「日日乃」，日日乃納悶地偏著頭。

由羅緊握刀柄，從隔門與屋柱的縫隙朝日日乃的腹部刺出一刀。日日乃慘叫一聲，像彈開般，倒臥地上。沒有一刀刺中的手感，大概只稍微擦到睡衣和側腹吧。由羅迅速打開隔門，踏進月光照進的房內。

「夫、夫人，您這到底是……」

日日乃流出的血染紅了榻榻米，頻頻後退。她蒼白的臉龐，白皙的肌膚特別顯眼。由羅一把抓住附近的棉被，朝在榻榻米上爬行的日日乃扔去。隨著「呀」的一聲尖叫，日日乃整個人都被棉被覆蓋。

由羅反手握刀，刺向鑽動的棉被。比剛才刺向五百木邊時更鮮明的觸感，透過雙手傳遍全身，由羅緊緊咬牙。

鼓起的棉被抖動了二、三下後，便一動也不動。由羅拔出長刀，踉踉蹌蹌地背靠著隔門。雪白的棉被上緩緩浮現紅黑色的血漬。由羅平復零亂的呼吸，茫然地望著眼前這一幕。

「動作得快。」

她沒料到日日乃竟然沒睡，但不影響她的計畫。和剛才殺害五百木邊的時候一樣，她以棉被的邊角擦拭刀身上的血和油脂。一陣用力擦拭，到手指碰觸刀刃也感覺不出血和油脂的程度後，由羅快步返回寢室。

由羅的雙眼已習慣黑暗，此刻連房內洋燈微弱的亮光都覺得刺眼。她重新望向五百木邊的屍體，發現血漬慢慢在棉被上擴散開來。沒時間休息了。由羅急忙撿起白木刀鞘，收好刀，暫時先擱在棉被旁，待會再放回壁龕也行。她把手伸進懷中，確認過手槍的存在後，再次來到走廊上。

在廚房穿上草屐後，來到戶外，夜裡的寒氣一口氣包覆由羅全身。寒氣刺骨，她壓抑著顫抖，前往後院的老舊倉庫，分兩次敲門，每次敲兩下。

「眞慢。」

門內傳來沙啞的話聲。門緩緩打開，一名穿黑色便裝的男子出現。身高近六尺（約一八〇公分），但臉色很難看，骨瘦如柴。他的眼窩凹陷，留有舊傷疤的兩頰十分憔悴。一頭亂髮在腦後綁成一束。

「哥。」

由羅向四切左近叫喚。

「你眞的要……」

長刀看起來幾乎都快在地上拖行了，左近將腰間的刀重新插好，這時他停下手望向由羅。面對那冰凍般的眼神，由羅忍不住低下頭。

「不，沒什麼……」

這樣一切都結束了——由羅在心中低語。

「我已吩咐日日乃送東西去別的地方。」

嗯——左近頷首。由羅往倉庫裡一瞧，只見雜亂堆放的舊家具上，擺了個大酒壺和沾有米粒的竹皮包葉。

前往主屋的路上，左近突然在廚房門前停步。他視線投射的地方，是圍牆外的鄰家，那裡有株寒櫻枝椏繁茂。在銀色月光下，提早綻放的櫻花在夜風中飄散。

「怎麼了？」

「已是櫻花的季節啦，來得眞早。」

左近以手掌承接翩翩飛舞的花瓣，悄聲道。

兩人從廚房後門進主屋，靜靜地通過走廊。

「五百木邊呢？」

「在睡覺。」

「這麼說來，是在裡面的房間嘍。」

左近加快腳步。由羅已事先將屋內的平面圖交給左近，不需要替他帶路，對由羅來說這樣正好。她與左近略微保持距離，宛如影子般緊跟在後。

從隔門縫隙透出的洋燈亮光，已出現在走廊前方。左近在門前拔刀，順勢猛力打開隔門。

「五百木邊典膳！」

左近沙啞的話聲在昏暗的房內響起。

「快起來！我來爲被你虐殺的同志們報仇了。」

毫無回應。左近右手提刀，往前跨出一步，再次叫喚五百木邊。都這種時候了，還不願趁對方熟睡時襲擊，而是想與對方正面交鋒，他這種所謂的男人的骨氣，在由羅眼中顯得極爲滑稽，而且可悲。

最後左近終於發現不對勁，頓時閉口不語。由羅從懷裡取出那把手槍。

左近彎下腰，握住棉被的邊角，一把掀開。

「這是——」

左近大叫一聲，半晌說不出話。棉被底下是怎樣的光景？被左近擋住，由羅看不見。

「怎麼了？」

爲了不讓左近發現扳下擊錘的聲響，由羅喊道。左近像被彈開似地起身，猛然轉過來。

「由羅！這是——」

槍口對準左近胸膛。爲了這一刻，由羅一再練習，絕不容許射偏。

「哥，是你不對。」

由羅扣引扳機。

確認左近斷氣後，由羅著手進行最後的修飾。

手槍擺在榻榻米上，靠近五百木邊的屍體。打開菸草盆的抽屜後，她連同水壺一起踢飛。菸灰揚起，水壺一路滾到牆邊，灑出冷茶。

接著，由羅將棉被蓋在五百木邊身上，直接捲起來。溢出的血，連墊被都溼透，染成紅黑色。血腥味一口氣湧出，由羅感到一陣噁心作嘔，馬上摀住嘴。

「再一會就好……」

由羅如此勉勵自己，爲了避免弄髒自己的手掌，她隔著棉被握住五百木邊的雙臂，將他的右手甩向一旁，左手置於胸前。

她極力忍住那一再湧上喉嚨的噁心感，靠向左近的屍體。因中槍而被彈飛的左近，在棉被上倒成一個大字形，胸前槍傷造成的窟窿，此刻仍不斷滲血。流出的黑血緩緩染向屍體的前胸，以及底下的棉被。

由羅從左近手中拿走長刀，當場跪下，以刀身擦向染滿血的棉被。確認刀刃上染滿溼黏的血和油脂後，她把刀擱在左近身旁。

最後，她拿起先前丟在榻榻米上的那把五百木邊的長刀。目光迅速掃過刀身，白木刀鞘和刀柄上沒發現任何髒汙。離鞘的刀刃上也沒殘留任何血和油脂。

由羅點了點頭，將長刀收入刀鞘，放回壁龕。

她來到走廊，重新環視房內。凌亂的棉被和五百木邊的屍體。看起來像是經過一番惡鬥的菸草盆和水壺。仰躺在地上的左近屍體。擺在一旁、沾滿血汙的長刀。淡淡的橘色亮光照射出的慘狀，全都與由羅想像中一樣。

由羅再次拿起那把手槍，表情僵硬地走在走廊上。夜間巡邏中的巡警，應該就快經過門外了。只要向他們求救，由羅一手策畫的計畫就算完成了。

她赤腳走下玄關，打開門來到屋外。露氣濡溼的土地，凍得她腳底發疼。

冠木門外傳來某人的說話聲。由羅毫不猶豫地打開門衝了出去，眼前出現兩道人影。

二

這天晚上，江藤新平醉得不輕。

腦袋沉重，手腳慵懶無力。想必是因爲他明明酒量不佳，酒卻一杯接一杯地喝，直至半夜。

「江藤先生，您不要緊吧？」

走在一旁的本城伊右衛門一把抓住江藤的手臂。江藤似乎不知不覺間走路往左偏。

「沒事。」

江藤板著臉，揮開本城的手。遠方傳來狗吠聲。

明治六年（一八七三）三月，地點在京都室町通的一隅。

江藤與本城兩人在今出川室町一家名叫「河童洞」的酒樓吃完晚餐後，正在返回位於出水通的旅館路上。本城和店裡的人要替江藤叫頂轎子，但江藤說想散步醒酒，不肯聽勸。不得已，兩人就這樣走在夜晚的小路上。

此時，身爲司法卿，同時貴爲一等敕任的江藤新平，之所以會踩著蹣跚的醉步，走在京都的街道上，自有原因。因爲江藤的左右手鹿野師光在東京失去下落，此行江藤要帶他回去。

這件事要從兩個月前說起。位於東京丸之內大名小路上的司法省，收到太政官寄來的一份通知。

「任命從五位下鹿野師光爲京都府司法顧問。」

裝在塗漆的書信盒內，由官差靜靜送來的這份通知上，蓋著太政大臣三條實美的印章，右側寫著這行字。

司法省內就像捅了馬蜂窩般，引發軒然大波。司法省的職員以顧問的身分轉調地方的府縣，在當地協助建立法律制度的慣例確實存在。但挑選人員的這項權限理應是掌握在司法卿江藤手中，像這樣越級直接由太政大臣下令，可說是前所未聞。江藤想問清楚此事，不巧的是，當事人師光從上個月便開始請假。

江藤自然是大發雷霆，馬上衝進位於西之丸的太政官，要向三條實美問個清楚。與三條的那場會面，幾乎可說是逼問，日後在江藤的半強迫下展開了一場太政官的內部搜查，結果江藤的司法省幹部們查出一項事實。這次的人事異動命令，似乎是師光自己一手策畫。

此事連直屬上司江藤也不知情，師光藉著當尾張藩公用人時的人脈，超越官廳、官位，甚至是藩國派系的阻礙，獲得許多門路。鹿野師光運用手中的這些籌碼，請三條頒布此次的人事異動命令——當中遺留許多痕跡，令人不得不做這樣的揣測。

江藤得知師光暗地裡的行動後，火速趕往位於麴町的鹿野宅邸，卻已人去樓空。「因為工作的緣故我要離開東京，但會再回來」，鹿野對住在宅邸裡的老女傭如此吩咐，只帶著他愛用的雨傘與法律書籍，便離開東京。

結束對太政官的調查的一個月後，江藤說要親自去京都帶回師光。

「話說回來，江藤先生，您和京都真有緣。」

本城搖晃著手中的燈籠。明月高懸，兩側逼近的屋簷遮蔽了月光，要是沒有手中的燈光，走起路來不太放心。

「您為平針那件事前來，是去年秋天的事吧？」

「那也不是我自己想來的啊。」

江藤呼出雪白的氣息，不悅地應道。

今天傍晚江藤抵達京都，馬上趕往府廳，卻沒能與師光見到面。出來接待的官差說，為了偵辦昨晚在伏見衙門發生的一起殺人案，師光剛離開府廳。

因此，江藤決定先在市內訂間旅館過夜，隔天再前往伏見。本城之所以與他同行，是因爲司法卿突然駕臨京都，京都府方面大爲驚慌，急忙派巡警隊大隊長本城擔任隨行護衛。

「不過，司法卿單獨前來京都，到底有什麼要事呢？」

「這是三條公親自下達的命令，能隨便說嗎？先不談這個，本城……」

江藤清咳一聲，望向本城。

「鹿野應該是到京都府就任了，他工作還順利嗎？」

鹿野大人是嗎——本城抬起他的大手，輕撫著下巴。剛硬的鬍子發出沙沙聲。

「關於制定法律的事，我不太清楚，不過，只要是與府內要事有關的案件，他總會帶頭指揮手下辦案。就算當了司法顧問，他還是一樣機智，總能從蛛絲馬跡中找出驚人的事實。」

不過——本城輕笑幾聲，接著說：

「雖然我很早以前就了解他的人品，但府廳裡的人一開始似乎感到很不安。因爲他說自己腳有傷，以傘代杖，連在室內也拄著雨傘。」

「聽說京都府的幹部，許多人都曾在彈正台當差。對曾在大曾根底下效力的人來說，鹿野想必就像仇敵吧。」

「鹿野大人的活躍表現，確實有人覺得礙眼，不過，鹿野大人目前一切順利，沒惹出什麼風波，請您放心。」

江藤冷哼一聲。

「我才不是在擔心他。」

不同於表面上佯裝的漠不關心，江藤確實感到心底一寒。

「原來他過得不錯啊。」

江藤喃喃低語，腦海鮮明地浮現師光那拎著洋傘的矮小背影。

經歷監獄那起事件後，從京都返回的師光顯得不太一樣。

倒也不是有什麼明顯的變化，眞要說的話，感覺他變得很見外。像在談公事，或是離開府廳一同出外用餐時，江藤總覺得眼前的師光好似在凝視遠方。

師光是怎麼了？——小小的猜疑火苗，瞬間竄起火舌，灼燒著江藤的內心。受不了這樣的猜疑，江藤曾打算當面問師光心裡究竟是什麼想法。但說也奇怪，過去不管面對什麼人，總能駁倒對方的江藤，每次想問師光，都會全身緊繃，將來到喉嚨的話硬生生連同唾沫嚥回肚裡，然後用一句「反正他只是長途旅行累了」，來強迫自己接受這自問自答了幾十遍的答案。

師光離開司法省時，江藤對他如此擅自行動感到既驚又怒，另一方面，他也發現自己彷彿早料到會發生這種事，做出極爲冷靜的判斷。師光之所以找三條交涉，也是因爲太政大臣的官位高於司法卿。既然是太政大臣的命令，就算是江藤也無法輕易推翻。江藤心想，這很像是師光的作風。

儘管如此，江藤還是前來尋找師光。他拋下一切工作，千里迢迢來到京都，要帶師光回去。爲了區區一名部下，我這是在做什麼啊——他對自己的愚蠢行爲感到懊惱，卻又不得不這麼做。

然而，此刻江藤還沒想到該對師光說什麼好。爲了壓抑那燒焦緊黏在心底，分不清是絕望還是憤怒的情感，他硬是將清酒一杯又一杯地灌入喉中，以致今晚踩著踉蹌的醉步。

「我說本城，鹿野他……」

江藤準備進一步詢問師光的情況時，一聲槍響令暗夜爲之顫動。

江藤反射性地環視四周。本城望向四方，手按著腰間的刀柄。

「江藤先生，剛才那是……」

然而，除了搖晃的燈籠令兩人的影子忽長忽短外，大路上完全感覺不到人的氣息。

「應該是槍聲吧。」

此時兩人所在的位置，才剛過武者小路的十字路不遠，右手邊是一路綿延的高大木板圍牆，左手邊是一整排商家的倉庫以及古意盎然的町屋。槍聲是從圍牆內傳出。

江藤快步沿著圍牆而行，本城翻開裙褲下襬，緊跟在後。走不到兩間（約三．六公尺）

遠，眼前出現一座小小的冠木門。江藤毫不猶豫，伸手就搭在門上。

「請等一下。」本城急忙攔阻江藤，「這樣太危險了，您想做什麼？」

「當然是進去搜查啊。什麼事都沒發生的房子，不會傳出槍響。」

「話是沒錯，但您沒必要親自進去查探吧。就算您不急著進去，我夜間巡邏的部下也會趕來。後續的工作就交給他們處理吧。」

本城壓低聲音試著說服江藤時，門內突然傳來急促的腳步聲。兩人的視線同時集中在門上。

門發出聲響打開，與本城將江藤撞飛，幾乎是同時發生的事。江藤往一旁踉蹌了兩、三步，這時本城已拔刀擺好架勢，轉身面向門。

一名身穿柳色睡衣的年輕女子，跌跌撞撞地從門縫出現。

「救、救命啊……」

女子搖搖晃晃地走近本城。

「劫匪闖進屋裡，老爺、老爺他……」

本城維持手握刀柄的姿勢，神情緊繃地後退一步。江藤迅速將女子上下打量了一遍。年約二十多歲，頭髮凌亂，但在月光下透著亮澤。她那血色盡失的肌膚，白皙透亮，顫抖的纖細雙手緊握著一把黑色手槍。

「妳拿著很危險的東西呢。剛才是妳開的槍嗎？」

江藤猛然踏步向前，強硬地詢問。女子輕叫一聲，拋出手中的槍。

「發生什麼事了？妳叫什麼名字？」

本城這才從刀柄上鬆手，一把握住女子纖細的肩膀。女子不停發抖，說她叫沖牙由羅。

江藤撿起她丟棄的手槍。左輪式彈匣裡裝有五顆子彈，少了一顆。他湊近槍身，一股煙硝味撲鼻而來。

「這是重要的物證，交由你保管。好了，沖牙，妳帶我們去命案現場吧。」

江藤將手槍塞給本城後，拉著由羅的手，走進門內。

「請等一下，我這就去叫部下過來。」

本城朝兩人身後追去，用力吹響哨子。

江藤他們三人與隨後趕來的巡警兩人，一共五人，一同前往成爲命案現場的房間。

「往這邊走。」

沖牙由羅帶路抵達的房間，在洋燈的照亮下，地上躺著兩具屍體，分別是仰躺露出上半身的壯年男子屍體，與倒成大字形的男性屍體。兩具屍體都沾滿了血，榻榻米和棉被上皆髒汙溼黏。

「這不是五百木邊大人嗎？」

往其中一具屍體窺望的本城大喊。

「是京都府的官員嗎？」

「是市政局次官五百木邊典膳大人。傷腦筋，這可是件大事啊。」

江藤沒理會神情慌亂的本城，轉頭望向由羅。

「妳是他太太吧？」

「不是。」

在房內角落不停顫抖的由羅，聲若細蚊般應道。

得知本城已派人前往府廳通報，江藤著手進行驗屍。左胸有一道很深的刀傷，不像砍傷，而是像刺傷。這肯定是致命傷。他左手放在屍體胸口，似乎在檢視傷勢。菸草盆和水壺上布滿了灰，一路滾到牆邊，可能是打鬥留下的痕跡。

江藤掀起蓋在屍體腰間的棉被。棉被吸滿了血，變得很沉重。血腥味變得益發濃重。

傳來一陣腳步聲，穿黑色隊服的巡警從走廊跑來。是剛才本城派去搜索整個宅邸的男子。

「江藤大人、本城隊長，玄關旁的房間也有一名女子被殺害。」

「是日日乃！」

由羅大叫一聲，當場癱坐下來。

「居然連日日乃都被殺了……」

「我馬上過去確認，別亂碰。」

江藤一邊起身，一邊如此命令，目光移向那具壯年男子的屍體。

男子骨瘦如柴，年約三十五歲，雙目圓睜的死狀，看起來似乎對什麼事感到很驚訝。只有刀鞘仍插在腰間，離鞘的刀就在屍體附近，插在棉被上，倒向一旁。

「聽到隔門開啓的聲響，我頓時醒來。」

由羅抬眼看著江藤和本城，雙脣發顫，開始說明。

「轉頭一看，發現有名陌生男子站在走廊上，我連自己有沒有尖叫都不記得了。不過，被驚醒的老爺坐起，準備拿槍，同時男子也拔出了刀。」

「槍原本收在什麼地方？」

「放在那邊的第二層抽屜。」

面對江藤的詢問，由羅指向沾滿白灰的菸草盆。

「我心想，得趕快求救才行。但當我爬也似地從劫匪身旁跑到走廊時，身後傳來老爺的慘叫聲。」

由羅低下頭，接著說：

「轉頭一看，劫匪的刀子已刺向老爺胸前。老爺的槍從手中滑落，滾到我面前……」

「所以妳反射性地開了槍嗎？」

由羅沒回答，低著頭，看不到她的表情。江藤盤起雙臂，再次低頭望向劫匪的屍體，穿黑色便裝的左胸確實有一處染血的槍傷。江藤走向壁龕，血沒濺到這裡。

江藤朝擺在這裡當裝飾的長刀瞥了一眼，這時背後響起一聲驚呼。

「這傢伙是四切？」

本城發出和他的外表極不搭調的怪叫聲，走近屍體。

「搞什麼，連劫匪也是你認識的人嗎？」

聽見江藤錯愕的話聲，本城急忙搖頭解釋：

「這個男人肯定是去年四月從監獄逃脫的德川餘黨，殺手四切左近！」

三

翌日，由羅跪坐在緣廊上，心不在焉地望著早春的庭園。紅花綻放的梅樹枝頭，黃鶯朗聲啼唱。

背後傳來四處走動的腳步聲，與這平靜的庭園景致形成強烈對比。五百木邊家派來的男丁們，混在持續展開調查的巡警中，收拾被血染髒的榻榻米。

五百木邊與日日乃的屍體，一早就被送回各自的家中。左近的屍體由巡警運走，由羅也不知其下落。五百木邊的本家來了一名自稱是管家的男子，給了她一筆錢，吩咐她趁這幾天趕緊搬離宅邸。

一切都結束了。由羅輕輕嘆了口氣。說來真是不可思議，她心中完全沒有辦完大事的成就感，以及對犯罪的恐懼。她只感到渾身倦怠，無比落寞。

一陣暖風輕撫由羅的臉頰。她望向庭園，白色櫻花落下布滿青苔的地面。

由羅很自然地想起左近，她緩緩閉上眼。眼底浮現的，是左近臨終前的模樣。左近因錯愕而表情扭曲，緩緩倒下。他呻吟著究竟說了些什麼，由羅不知道。

「哥……」

她緩緩睜開眼。春天柔和白亮的陽光，對由羅來說略嫌刺眼。

由羅的父親在伏見開設市町道場，四切左近是來練劍的年輕武士。他有劍術的天分，深獲父親賞識，常在沖牙家進出。

對年幼的由羅來說，與她相差近十歲的左近，一開始很難親近。關於左近，現在她能憶起的，是左近在塵埃飛揚的道場上揮灑汗水，全心投入習劍的身影，以及伴隨著激烈的吆喝聲揮劍擊向對手的姿態。

由羅是武士之女，自幼便學習四書五經，也學過薙刀（註一）。她絕非養尊處優，但左近習劍的激烈模樣，連她看了也感到害怕。

再加上左近天生少言寡語。如今回想，左近應該也很苦惱，不知該如何對待師傅的女兒吧。面對整天板著臉的左近，由羅總是極力閃躲。

而在由羅九歲時，左近在她心中的形象起了變化。契機是某天有隻飢餓的野狗從庭院衝進沖牙家，引發了一場騷動。

一隻雙眼充血的瘋狗，在屋內四處逞凶，最後終於來到被女傭安排躲在深處房間的由羅她們面前。由羅和女傭抱在一起，嚇得直發抖，那隻黑色大狗齜牙裂嘴撲來。說時遲那時快，另一邊的隔門打開，一把木刀疾如飛箭地射來。及時趕到的左近擲出木刀。側腹被刀尖狠狠擊中的黑狗，慘叫一聲，向後躍開。左近馬上拾起木刀，對準再度襲來的那隻狗的頭部，直接一刀劈落……

這一切都是轉瞬間發生的事。由羅茫然注視著眼前那一幕，左近面對那隻被砍破頭的黑狗屍體，鮮血飛濺到他的單邊臉頰上，他不發一語地佇立。

「還好妳平安無事。」

左近看了由羅一眼後，走出房間。他的武功真高強，由羅打從心底這麼認為。是由羅的武士血脈令她產生這樣的想法嗎？目送左近離去的背影，由羅心頭浮現的是無可動搖的敬畏。

在那之後，由羅對左近改觀。由羅對他抱持的情感，與其說是思慕或愛情，不如說是近乎崇拜。她懷著敬意與左近接觸，而左近雖然笨拙，卻也開始指導由羅劍術。就這樣，在由羅的心中，左近不知不覺變成一位厲害又可靠的大哥。

後來左近在東町奉行所的警備隊任職，身爲同心（註二），爲了守護京都的安寧，不分晝夜辛勤工作。而由羅也到了適婚的年紀，是該談婚事的時候了——就在這時，展開了明治維新。

德川幕府崩毀的戰火，奪走了由羅的一切。父母命喪於砲彈下，家人流離四散。以德川軍的身分出戰的左近，同樣下落不明，無人可依靠的由羅一再輾轉流浪，親身體會到世上並非都是好人。年號改爲明治時，她已墮入風塵，來到島原（註三）。

之後又過了四年，五百木邊爲她贖身前的那些日子，由羅都刻意不去想起。儘管備受屈辱，卻仍苟活求生，並非是抱持什麼希望，而是因爲她已沒力氣尋死。

她宛如木偶，做什麼事都提不起勁，儘管嫁給五百木邊爲妾，也還是一樣。由羅的心就像泡水嚴重發脹般，什麼都感受不到。喜怒哀樂全都喪失，浮現心中的只有往日情景。父親的身影、母親的笑臉、一家團聚，以及左近健壯的背影。

註一：帶柄的長刀，在江户時代是女性主要使用的武器之一。
註二：江户時代的下級官員，類似於現代的警察。
註三：江户時代日本的三大風月場所之一。

由羅接受眼前的一切。不，是她已放棄抵抗。她原本心想，這種索然無味的日子，應該會持續到她垂垂老去。直到去年初春的某個晚上，她與左近重逢——

「抱歉。」

背後傳來一道略帶顧忌的話聲，將由羅從回憶中拉回現實。她轉頭一看，走廊上站著一名年輕的下人。

「巡警老爺們來到玄關，說是還有話想問您。」

由羅站起身，應道：

「請帶他們到客廳。」

「讓各位久等了。」

客廳裡有兩名男子，是昨晚那兩人——由羅記得額頭寬闊的這位姓江藤，看起來比較蒼老的那位姓本城。江藤和昨晚一樣，穿著短外罩搭裙褲，本城則是換上黑色隊服。

「這次的事真是駭人，您心情平復些了嗎？」

由羅迎面坐下後，本城率先開口。

「嗯，好些了。」

不同於嚴峻的表情，本城的口吻十分客氣，由羅略感意外。

「在您疲憊時還前來打擾，非常抱歉，我們想向您確認兩、三件事。」

「我會知無不言。」

那我就問了——本城移膝向前。

「關於那名劫匪，夫人……」

「叫我沖牙就行了。」

由羅直接打斷他的話，本城露出略感吃驚的表情。

「眞是失禮了。那麼，沖牙女士，妳知道劫匪四切的事嗎？」

「我聽老爺提過。此人因企圖謀反被捕，後來從六角監獄逃離。」

本城頷首，解釋道：

「他原本是奉行所的同心，以德川軍的身分上戰場，在鳥羽伏見之戰落敗逃亡後，與德川餘黨一起以報仇的名義，斬殺多位京都太政官的官員，是通緝要犯。」

在本城身旁抽著菸管的江藤，這時才開口：

「在京都起事、想開啓戰端的那幫人，在當時任職於彈正台京都分台的五百木邊典膳的指揮下，泰半都被逮捕。大部分的人都直接送往監獄斬首，或是在牢裡遭虐殺，那派人馬就此滅亡。」

江藤的目光銳利，瞪著由羅，吐出一道細細的輕煙。

「當時逃脫的四切，終於在隔年的明治四年冬天，於逃亡藏身處松崎村落網。那時雖然彈正台已瓦解，但聽說五百木邊的執念特別深，自願要審訊四切，對吧？在接連的拷問下，四切被整得半死不活……不過，人對求生的執著還眞是可怕啊。四切看準機會，勒斃兩名獄卒逃亡。話雖如此，大家心想，他已滿身創痍，就算逃走，最後也只會死在路旁，但他頑強地活了下來，想必一直在找機會報仇吧。」

由羅低下頭，想起與左近重逢的那一晚。

日日乃的尖叫聲響起，劃破春天黏膩的暗夜。

在自己房裡看漢書的由羅大吃一驚，急忙來到庭園，前往傳出聲音的倉庫。那裡有名男子，以尖銳的樹枝前端抵住呆立的日日乃喉嚨。此人正是左近。

起初由羅沒發現男子是左近。他披頭散髮，滿臉鬍子，那又黑又髒的凶狠模樣，已看不出半點昔日的影子。由羅以爲自己這下沒命了，倒抽一口冷氣時，男子充血的眼睛陡然瞪大。

「由羅……」

男子的聲音極度沙啞，但聽起來有幾分熟悉。雖然認出眼前這名精疲力竭、幾欲頹然倒地的男子是誰，她也明確感覺到血色從自己臉上抽離。

日後才得知，左近不是因爲曉得由羅住在這裡，特意潛入此地。他是趁著黑夜，在半死不活的狀態下逃亡時，撐著最後一絲意識，潛入這座宅邸。

因爲不確定五百木邊何時會來訪，由羅不能帶他進屋。她告訴日日乃此人是在先前的戰爭中離散的親哥哥，請日日乃爲他準備被褥，然後把人藏在倉庫裡，持續照顧他。

儘管想詢問左近下落不明的那段時間發生了什麼事，但左近遲遲沒醒來。眼下也不能請大夫來，這令由羅一天比一天更加不安。

就在她與左近重逢的七天後，情勢驟變。

由羅在一旁斟酒，五百木邊對她發牢騷。

「有一名罪犯逃獄，眞該死。」

「是老爺您負責審訊的罪犯嗎？」

由羅一邊端著酒壺倒酒，一邊窺探五百木邊的神情。見五百木邊神情凝重地點頭，由羅心裡有數。這幾天五百木邊顯得莫名浮躁。這個男人平時擺出一副豪傑的姿態，其實骨子裡是個膽小鬼，他很害怕這名逃獄的囚犯來復仇。

五百木邊通常一週只會到由羅住的這棟房子兩、三次，但這幾天幾乎每晚都來找由羅。原本以爲他已知道左近在此，由羅膽顫心驚，後來終於明白原因。想必是五百木邊判斷，與其待在本宅，不如待在沒什麼人知道的妾宅這邊比較安全。如果是這樣就說得通了——由羅以曉悟的眼神注視著五百木邊的側臉。

五百木邊完全不知道由羅的心思，粗魯地將杯裡的酒一飲而盡。

「那是忤逆政府的大壞蛋，是德川餘黨，名叫四切左近。」

由羅手中的酒壺差點滑落。她的肩頭一震，五百木邊納悶地瞧了她一眼。

「這名字眞怪……」

雖然答得若無其事，但由羅感覺到自己的心跳加遽。

之後確認五百木邊已入睡，由羅前往倉庫。

「由羅。」

左近醒著。在高窗透進的月光下，左近努力想坐起，由羅馬上走近，輕輕扶著他的腰。

「好久不見。」

想說和想問的事多得數不清，由羅一時只說得出這句話。左近斂起下巴，深深頷首。

「有件事我得告訴你。」由羅飛快地說道：「這裡是五百木邊典膳的宅邸。哥，你知道這代表什麼意思吧？」

左近瞪大眼睛，「由羅，妳該不會和那個男人……」

「我的事不重要。這裡很危險，請盡快逃離。」

左近想站起。看見他此刻的神情，由羅急忙跟著起身。

「哥，你到底想做什麼？」

「我要殺了五百木邊，把我的刀拿來。」

左近臉色蒼白地低語。由羅用力拉住他的手臂，勸道：

「你在說些什麼啊？你的傷還沒全好呢。」

左近一陣踉蹌，手撐著牆壁。倉庫裡陡然一陣搖晃，由羅僵在原地。

左近靠著牆壁，喘息不止。他額頭冒出豆大的汗珠，這絕非只是春夜的熱氣所致。

「求求你，先離開這裡，找個地方藏身。」

由羅低聲懇求，左近終於點頭同意。

「聽說五百木邊最近剛轉調至民部省。」

聽見江藤的詢問，由羅抬起臉，應道：

「對，他很開心。」

「五百木邊的轉調，只有一小部分的人知道。或許是有人告訴四切這個消息，四切認爲機不可失，於是下定決心，引發這次的事件。」

一點都沒錯——由羅暗自點頭。

「倉庫裡還留有吃到一半的飯糰和酒。食物都還很新鮮，酒壺是從屋內的碗櫃拿過去的。

對此妳可知道些什麼？」

由羅搖頭。

「我們認為那應該是給四切食用的。也就是說，這座宅邸有人暗地裡與四切串通。五百木邊轉調一事，可能也是那個人告訴四切的。」

「您是指日日乃嗎？」

由羅很自然地表現出驚訝的反應。

「這怎麼可能。您怎麼會這麼說呢？」

江藤緊盯著一臉困惑的由羅，又吐出一道紫煙。

「這件事當然還沒有定論。妳覺得呢？依妳看，那姑娘的行跡是否有什麼可疑之處？例如……對了，像是外出的次數增加，總有男人跟著她之類的。」

由羅擺出思索的模樣，搖了搖頭。左近離開宅邸後，藏身在京都西邊的仁和寺幹道旁的一座荒寺內，由羅都派日日乃送錢和糧食給他，恐怕是路上有人見過日日乃。這時要是提供證詞，說自己聽別人這樣提過，這麼一來，或許就能加重日日乃的嫌疑。但做得太過火，反而會弄巧成拙。由羅如此暗忖，克制了開口的衝動。

不過，江藤的回答卻出人意料。

「我也覺得奇怪。想到那名叫日日乃的女傭是四切的協助者，感覺就說不通。四切刺死了五百木邊，之後被妳開槍射死。這麼一來，四切殺死日日乃，自然是在他殺害五百木邊之前，但這實在不太合理。若殺日日乃是爲了滅口，這還能理解。但就算殺了五百木邊之後再動手，應該也不遲吧。要是隨便先動手，引發騷動，會影響暗殺五百木邊這項重要的計畫。這麼一來，可就本末倒置了。」

「會不會是他們起了什麼爭執？」

由羅緩緩應道。這種枝微末節的小事，怎樣都無所謂吧。

「或許是吧。」

江藤將菸管裡的灰倒進菸草盆，改問下個問題。

「關於手槍，那確實是五百木邊買來護身用的嗎？」

「以前在東京發生過長州派的官員遭多名劫匪襲擊的案件。老爺對劍術頗有自信，但他說要是像那起事件一樣以寡敵眾，相當不利，所以他透過伏見的商人買了這把手槍。」

廣澤參議（註）的事件是吧——守在江藤身後的本城低語。

「不過……」

捏了把菸草、揉成丸狀的江藤，望著自己手中的東西，繼續道：

「妳身爲女人，卻能準確地射穿對方胸口，眞不簡單。」

註：廣澤眞臣，幕末的長州藩士，維新十傑之一。歷任民部官副知事和參議等要職，死於刺客暗殺事件中。

雖然語氣聽來若無其事，但由羅發現江藤望向她的眼神無比犀利。是啊——由羅冷淡地回應。

「因爲老爺多次在庭園親自教我。他說時局動蕩，最好學會怎麼用槍。」

原本是五百木邊炫耀自己的射擊技術，由羅只是陪他玩玩，不過自從決定要殺害左近後，由羅便主動提議，一再練習射擊。起初五百木邊覺得可疑，但由羅說日後要是有什麼萬一希望能保護丈夫的安全，於是他心領神會，高興地點頭。

「那天晚上，因爲手槍滾到妳面前，妳什麼也沒想，就直接拿起朝劫匪開槍是吧？」

「是的。」

「這表示妳是坐著朝四切開槍嘍？」

由羅不懂江藤提問的用意。

「對，我沒時間起身。」

由羅朝左近扣引板機時，其實是站著。但她說自己是爬著逃走，要是途中站起身，未免太不自然。

這就奇怪了——將菸鍋（註）湊向炭火的江藤，雙眸一亮。

「彈道不合呢。」

江藤定睛凝望著由羅，叼起菸管。

「我馬上派人爲四切的屍體進行解剖，結果得知子彈似乎是從左胸直線射穿背部。」

「我不懂您的意思……」

「如果不是站在四切的正面開槍，子彈的軌道不會這麼直。」

由羅說不出話，江藤緩緩吐出一口紫煙。

「如果像妳說的，是坐著開槍，子彈應該會從胸口斜向射入才對。然而，留在屍體上的彈痕卻不是這麼回事。從開槍到發現屍體，沒人有時間另做安排。也就是說，妳不是坐著開槍，而是站著瞄準四切才開槍。眞不簡單，膽識過人啊。」

「不見得就是您說的這樣吧。」

由羅正面回瞪江藤，接著說：

「我開槍時，要是劫匪剛好朝我彎腰，子彈就會筆直射穿他。」

「那麼，四切可有彎腰？」

江藤彷彿要蓋過她的話，如此反問。由羅嫣然一笑，回答：

「我不記得了。不過，既然您說屍體上的傷是筆直射穿的，不就是那樣嗎？因爲我當時都嚇到腿軟了。」

註：菸管裝塡菸草的部位，又稱雁首。

由羅與江藤的視線在空中交戰。站在江藤身後的本城正要開口時，江藤突然站起。

「確實就像妳說的。」

江藤轉身背對由羅，說道：

「打擾妳了。日後或許還會向妳確認許多問題，不過這全是爲了查案，請別見怪。」

本城急忙朝江藤身後追去。由羅確認兩人離開後，微微吁了口氣。就在這時——

「有件事忘了問。」江藤忽然從走廊上探出頭。「我覺得妳有點眼熟，以前我是不是在哪裡見過妳？」

由羅瞪著他，「這次應該是第一次見面……」

「那麼，妳和本城呢？」

「是第一次見面。」

面對柳眉微蹙的由羅，江藤一臉嚴肅地點了點頭，這回是眞的邁步離去。

由羅閉上眼，再次吁了口氣，恢復平靜的神情後，若無其事地站起身。

四

「江藤先生，我們就這樣走了，沒關係嗎？」

江藤通過冠木門，來到大路上，本城朝他背後叫喚。

「那個女人肯定隱瞞了什麼。」

「我知道。只是，我沒想到她會毫不畏懼地回嘴。」

江藤快步前行。

「原本以爲只要嚇唬她兩、三下，她就會露出馬腳，看來這女人不好對付啊。」

「在我聽來，只覺得她是在強詞奪理。」

「儘管如此，她講得也有點道理。雖然是臨時想出的說詞，但還不差。」

本城不悅地盤起雙臂。總之——江藤雙手一拍，響亮的聲音傳向明媚的藍天：

「隨便向她掀開我們的底牌，不是明智之舉。這沒什麼，在鹿野回來之前還有時間。只要好好想個別的辦法就行了。」

案發後過了一晚，五百木邊遭人暗殺的死訊令府廳上下大爲震撼。

市政局是掌管山城（註）訴訟裁決及警察業務的機構，五百木邊爲局裡的次官。一名地位僅次於知事和大參事的男人遭殺害，難怪會引發軒然大波。更何況，凶手是逃獄的德川餘黨，而

註：舊藩國名，相當於京都東南部一帶。

且還在被逮捕前遭人射殺，所以這也是理所當然。

在眾人高喊著要盡速查明眞相，處理眼前的事態時，江藤已比誰都早一步展開行動。目送左近的屍體被運往府廳後，江藤前往府知事長谷信篤的宅邸。接著他說服接獲通報陷入慌亂的長谷，不給他時間考慮，直接搶走了搜查權。

「既然辦了，就得辦到底。而且賣鹿野一個人情也不壞。」

破曉時分離開長谷宅邸，江藤對本城這樣說道。府內高官五百木邊遭殺害的這起案件，原本應該由司法顧問來處理。雖已派人快馬趕往師光所在的伏見通報，但那邊的案件沒辦妥，師光也沒辦法回來。

而且江藤相當關注五百木邊的出身。五百木邊原本在彈正台京都分台任職。換句話說，等著對師光的施政挑毛病的昔日彈正台人馬，應該也很關心這起案件的結果。如果能偵破此案，日後與師光交涉或許會比較有利——江藤是這麼盤算。

回到府廳的江藤與本城，直接走進其中一個置物間。那是左右擺設很高的層架，約十張榻榻米大的木板房。中央鋪著草蓆，上面擺放染血已呈黑褐色的棉被、手槍、左近的長刀等從命案現場送來的各種證物。面對室內瀰漫的怪味，江藤不以爲意，走在草蓆邊緣，逐一檢視。

「這是原本放在四切懷裡的東西嗎？」

江藤當場跪坐下來，朝擺在草蓆角落的一團東西伸出手。那裡擺著嚴重磨損的錢包、筆墨壺，以及沾滿手垢的印籠（註）。江藤拿起印籠細看，裡面裝了約十顆黑色藥丸。錢包裡則是收著一疊骯髒的懷紙，約有十來張。

「從玄關旁的女傭房到五百木邊遭殺害的寢室，這段走廊上沒有血跡，對吧？」

江藤放回印籠，如此詢問。

「是的，沒發現。」

「這樣的話，紙是丟在房內嗎？」

我說的是懷紙——江藤回過頭來。

「女傭房的垃圾桶或其他地方，沒發現沾血的懷紙嗎？」

「目前沒接獲這樣的報告。」

「命人查仔細一點。」

本城快步離去。江藤站起身，走向那染血的棉被。折疊擺好的棉被和墊被一共三組，分別是五百木邊、由羅，以及日日乃所使用。

他攤開手邊由羅的棉被，仔細來回檢視，突然停在某一點上。棉被上有個小洞，就混在黑

註：掛在腰間的小容器，原本用來放印章，後來主要用來放藥。

褐色的血漬中，不容易看出。

「是四切的刀刺穿的痕跡嗎？」

江藤咕噥著，將棉被放回去，改爲伸手拿墊被。

攤開墊被來看，找不到破洞。江藤將棉被蓋在攤開的墊被上，往那個小洞裡窺望。底下墊被的白色布料，連個脫線處都沒找著。

江藤皺起眉頭。棉被上的小洞，是左近受到中槍的衝擊，手裡的刀掉落所刺穿。但這勁道明明足以貫穿冬天的厚被，卻完全沒傷及底下的墊被。這項差異令江藤頗爲在意。

嗯——他沉吟著，站起身，這才發現五百木邊與由羅的棉被是同樣的花色。之前因血汙而渾然未覺，既然花色一樣，也就是說，兩者有可能對調。

「如果棉被對調，這就不是沖牙的棉被，而是五百木邊原本蓋的棉被。眞正留下刀痕的，是五百木邊的棉被。爲了隱瞞這件事，有人將棉被調包……原來是這麼回事。」

蓋上棉被時，小洞的位置剛好就在胸口一帶。江藤逐漸看出凶手藉棉被設下的機關。

「凶手想掩飾的，是五百木邊棉被上的小洞，這證明了『五百木邊典膳是在熟睡時遭到襲擊』這項事實。五百木邊胸口被刺了一刀，在被窩裡斷了氣，如果是這樣，當然沒時間掏出手槍。這與由羅的證詞有很大的出入。」

江藤滿意地低語，視線再度落在棉被上，發現穿出一個小洞的棉被角落，有奇怪的血痕。

有兩個地方顯得髒汙，模樣就像短短的腰帶，而且宛如照鏡子，形狀完全一樣。江藤檢查其他兩床棉被，確認日日乃的棉被上也有同樣的痕跡。

他一把抓住棉被，想進一步詳細檢查時，有個碎片般的小東西掉落。他將棉被擱到一旁，屈膝撿起那個東西。

是個嚴重萎縮的茶褐色碎片。想必是隨著棉被上的血凝固，一同沾附在上頭。他以指頭按壓，感覺柔軟又有彈性，放在掌心上細看，發現呈薄薄的橢圓形。是櫻花花瓣。

江藤想起五百木邊宅邸後院的景象。隔壁人家的一株大櫻樹，枝頭自倉庫旁的高牆伸過來。想必是在從倉庫走向廚房後門的路上，落下的花瓣混進四切的衣領吧。

「讓您久等了。」

本城快步走來。江藤將枯萎的花瓣放回去，站起身。

「我已命他們再搜查一次，但部下也說，沒找到沾血的紙類。」

「本城，你看這個。」

江藤指著日日乃的棉被上遺留的血痕。本城靠近後，一臉納悶地低頭細看。

「這是……擦拭刀上的血漬留下的痕跡嗎？」

「四切身上帶著懷紙。但不知爲何，卻用棉被來擦拭刀身。更令人費解的是……」

江藤指向一旁的棉被，接著說：

「同樣的痕跡，也遺留在五百木邊的棉被上。」

江藤沒理會疑惑的本城，繞著草蓆周圍走了起來。低頭繞圈走的江藤，思索著這起案件的各種要素，反覆推敲。

「呃，江藤先生。」

本城語帶躊躇，朝喃喃自語、不斷徘徊的江藤叫喚。

「有件事要向您報告。在伏見的鹿野大人，給您寄來了一封信。」

江藤猛然抬起頭，急忙跑到本城身旁，一把將他手裡的紙張搶了過來。

希望您能對這起案件展開搜查（師光省去問候，開頭就這樣寫道）。這原本是司法顧問該處理的案件，但伏見的事件意外地需要很長的時間處理，我一時無法返回。可是府方高官遭人暗殺的事件也不能放著不管，正爲此發愁時，欣聞江藤先生恰巧到京都出差，而且是案件的第一發現者。如果您方便的話，可否代我指揮搜查？話說回來，一旦江藤先生出馬，難免有人會有意見。不過，只要說鹿野師光會全權負責，他們應該就不會再抱怨。占用您寶貴的時間，眞是抱歉，還望您多多幫忙。

「鹿野大人怎麼說？」

聽見本城的詢問，江藤頓時回神，抬起頭。

「……他處理伏見的事件，似乎花了不少工夫。信中寫到，因爲他無法馬上趕回來，希望我代為調查這起案件。」

江藤冷淡地應道，將紙張塞給本城。

「我要在房間裡思索一會。要是有什麼新發現，再來跟我報告。」

江藤板著臉步出置物間，快步通過走廊，案件的事已被他趕往腦中一隅。

先前師光曾對他露出錯愕與絕望交織的眼神，此時江藤只想到那幕情景。

五

陽光穿過薄薄的雲層間，飄散的櫻花如雪般潔白。由羅無意拂去落在黑髮上的花瓣，默默仰望著花謝花落。

案發至今已過兩天，她還沒決定離開這座宅邸後該何去何從。眼前這重拾平靜的日常生活不過是暫時的，由羅也有所自覺，但她已提不起勁採取任何行動。

不過，輪流到屋裡四處查看的巡警人數確實逐漸減少。可能是終於把這看成是一般的暗殺事件，就此定調了吧。那個姓江藤的男人飄散出一股讓人大意不得的氣息，但由羅多次回想自己的計畫，始終不覺得哪裡犯下致命的疏失。她唯一在意的，只有寢室的那把長刀，昨晚巡警都回去後，她還仔細磨過刀。刀刃現在已光可鑑人。

一陣旋風將地面上的櫻花帶往高空。由羅按住飄動的衣袖，撥開頭髮。她摘下淡桃色花瓣細看，突然感到心情沉重。一切是如此空虛，一股想要將自己胸口撕裂的情感開始湧現。

「夫人。」

背後傳來叫喚由羅的聲音。轉頭一看，那名最近雇用的女傭一臉困惑地站在她面前。

「司法省的官員來了，說有事找您。」

是那個男人。由羅粗魯地將花瓣扔到一旁。

江藤新平在屋內深處的寢室雙臂盤胸，從敞開的紙門望向東邊的庭園，沒看到本城和其他巡警。由羅走進來，跪坐在江藤面前。剛換過的榻榻米，顏色還很青綠，散發出全新的藺草香氣。

「您又要調查什麼嗎？」

「沒錯。」

江藤鬆開雙臂，轉身面向由羅。

「要是順利的話，或許能逮到凶手。」

由羅微微偏著頭回道：

「我是不是聽錯了？劫匪應該死了。」

「那三個人是妳殺的吧。」

江藤平靜地說，由羅抬眼注視著他。

「抱歉，您說什麼？」

「這次的案件是妳一手策畫，沒錯吧？」

太可笑了——由羅站起身。

「抱歉，請恕我沒空陪您在這裡胡言亂語。我先告辭了。」

「之前我一直認為妳與四切串通。妳讓四切殺了日日乃和五百木邊後，他已無用處，接著妳槍殺了他。」

由羅正要離開寢室，江藤對著她的背影繼續道：

「就像我之前說的，從倉庫裡殘留的糧食來看，這座宅邸裡肯定有人暗中協助四切。如果是日日乃與他串通，殺人的順序兜不攏。而且日日乃在自己房間遭到殺害，這件事也令人在意。如果是為了殺人滅口，凶手只要在倉庫裡動手襲擊就行了，機會應該多得是。」

「您的意思是，只是為了這樣的理由，我叫那個男人殺了他們兩人嗎？」

由羅錯愕地轉過頭來，江藤對她搖頭。

「日日乃和五百木邊都不是四切殺的。殺害他們兩人的是妳。」

面對江藤平淡的口吻，由羅一時答不出話。江藤開始在房內踱步。

「如果四切是凶手，殺人順序會是日日乃、五百木邊。問題出在他刺死日日乃，走出女傭房間後的事。走廊上沒殘留血跡，也就是說，他將殺害日日乃時附著在刀刃上的血漬擦除，收進刀鞘，以這樣的狀態來到這個房間。這也是理所當然。要是沒擦除血漬就還刀入鞘，等血凝固後，下次拔刀時會造成阻礙。身爲武士，這是很正確的做法。而且四切身上帶著一疊懷紙。」

「那又怎──」

由羅說到一半打住。江藤趁這個機會，接著往下說：

「在這個房間裡，找不到半張沾血的懷紙，倒是從日日乃的棉被上找到擦拭血漬的痕跡。這是怎麼回事？爲什麼四切不用懷紙，要刻意用棉被？」

「應該是因爲手邊就拿得到吧，我不覺得這有什麼好在意的。」

由羅原本以爲這會混在其他血跡中不被發現，頓時成了敗筆。不過，現在後悔已太遲。

「日日乃的情況姑且不談，問題在於，五百木邊的棉被上也有同樣的血跡。四切刺死五百木邊後，被妳開槍打死。他當然沒空擦除刀上的鮮血。」

換句話說──江藤豎起食指和中指。

「可以想出兩種情況。一是四切殺了日日乃後，接著殺了五百木邊，以剛好在手邊的棉被擦除刀上的血後，被妳射殺。二是四切以外的另一個沒帶懷紙的人，揮刀殺了這兩人⋯⋯如果是前者，妳算是對射殺四切一事做出假的證詞，而如果是後者，妳便是那名凶手。」

由羅嘲諷地笑道。

「眞無聊。這也可能是掉落的刀子在棉被上滾動，碰巧留下那樣的痕跡吧？」

「妳以爲編出這樣的藉口行得通嗎？」

「那你又爲何可以一口咬定不是這樣？」

由羅偏著頭，江藤定睛回望著她。

從敞開的紙門送進一陣涼風。小鳥的鳴唱穿過此刻的寧靜，聽起來無比遙遠。

「四切應該完全不知情吧。」

江藤低聲打破沉默。

「妳殺害五百木邊和日日乃後，去見躲在倉庫的四切，於是他來到這裡。打算斬殺五百木邊的四切，幹勁十足地衝進這個房間，發現了屍體。接著妳開槍射穿一臉驚訝的四切胸膛。」

由羅嘴角泛著笑意，緩緩搖了搖頭。

「的確，這樣或許說得通，但這全是江藤大人您腦中的想像吧？如果眞的是我殺了五百木邊和日日乃，那凶刀在哪裡？」

江藤指向壁龕的那把長刀。

「您該不會要說我用那把長刀殺人吧？」

「難道不是嗎？」

「眞是太令人無言以對了。那麼，請儘管調查。」

由羅冷冷地撂下一句。江藤默默走向壁龕，一把拿起刀鞘。刀身順利地拔出。江藤高舉刀身，目光迅速從刀尖往刀鐔（註）掃過一遍。

不過，就由羅所見，那白亮的刀身上不顯一絲髒汙。

「如何，這樣您滿意了嗎？」

江藤沒回答。不知何時，他的視線從刀身上移開，改爲落向手握的刀鞘。

「……我再問妳一次。案發當晚，沒人碰過這把長刀吧？」

「當然。」

「那麼，這又該怎麼解釋？」

江藤轉過身，把刀鞘遞到由羅面前。

由羅不禁倒抽一口氣。眼前的刀鞘通體雪白，沒任何髒汙——不，定睛細看，白色刀鞘上緊黏著一個紙片般的白色之物。注視著神情僵硬的由羅，江藤抬起另一手，以拇指和食指撕下那片東西。

宛如腦門挨了一棍般的衝擊，竄過由羅全身。是櫻花花瓣。而那片撕下的花瓣底下，明顯留下鮮紅的髒汙。

「怎麼會這樣……」

自己在黑暗中揮刀的身影。從刀身濺往白木刀鞘上的一滴血。槍聲響起後倒地的左近。悄悄從他身上飄落的一片花瓣。這幾幕光景像快馬般，在說不出話的由羅腦中飛馳而過。當時這把長刀放在哪裡？對了，記得是擺在棉被旁——

「那天晚上，血花並未濺到壁龕那邊。而且黏上花瓣的那一側是面向牆壁。不管怎麼看，這把刀擺在這裡當裝飾，上面都不應該會有血痕和花瓣。案發當晚，這把長刀被人動過。」

江藤還刀入鞘，走向壁龕。由羅沒望向他的背影，只是面如白蠟，呆立原地。儘管清楚知道自己得說些什麼，她張著嘴巴卻只能吐出顫抖的氣息。為什麼昨晚沒發現呢？此時湧上心頭的，盡是懊悔。

「我不知道妳是在哪裡認識四切，不過他這顆棋，妳下得很高明。」

江藤的聲音聽起來十分遙遠。

「聽說是五百木邊把妳從島原那裡贖回來的，妳就這麼恨他嗎？」

見由羅沉默不語，江藤沒再多問。

「跟我來。」

註：嵌在刀刃底部，與刀柄相接的金屬零件。

由羅頹然垂首，突然有人一把抓住她的手臂。她慢吞吞地轉頭望去，原來是身穿隊服的本城表情嚴峻地站在她面前。一旁站著兩名同樣身穿隊服的巡警。

手臂猛然受到拉扯，由羅一陣踉蹌。面向戶外的江藤低聲叫喚本城。

「這個女人算是完了。最後不妨讓她補個胭脂吧。」

本城不禁瞪大眼睛。江藤看了由羅望一眼說：

「不過，如果妳不想要，那就算了。」

本城很不情願地鬆開她的手。由羅轉身面向江藤，微微行了一禮。

「謝謝您這般貼心……」

由羅再次抬起頭時，江藤同樣背對著她，望著窗外。

由羅反手關上隔門。隔著隔門可以聽見負責監視的巡警在嘖舌。由羅搖搖晃晃地前進，跪在窗邊的梳妝台前。

她取下覆蓋梳妝台的紫色布罩。映在晶亮鏡面上的，是自己那白紙般的臉龐。

由羅笑了。因為江藤問她，真的那麼恨五百木邊嗎？她覺得十分可笑。

才不是呢——由羅閉上眼。她本來想殺的人不是五百木邊，而是左近。她是為了殺害四切左近，才利用五百木邊典膳。

「你已不是以前的四切左近。」

這句低語，自然地脫口而出。由羅的腦海浮現重逢的那一晚，左近那骨瘦如柴、連刀都握不住的模樣。憑他那孱弱的身子，不可能殺得了五百木邊。由羅很明白這一點，不禁替他覺得可悲。

「但爲什麼你還堅持要……」

由羅深深嘆了口氣，雙手掩面。就算要奪走左近的性命，由羅也非阻止他不可。不爲別人，而是爲了由羅自己。四切左近落敗一事，由羅說什麼也不能接受。要是目睹這幕光景，由羅勢必無法承受。昔日由羅對左近懷抱的憧憬，是將由羅的心緊緊繫在這世上的最後羈絆，絕對不容破壞。

左近應該也知道自己的身子快要撐不住了，卻意志堅決，毫不動搖。他覺得自己這副德行一樣能獲勝嗎？還是他想死在仇敵的刀下？如今已無從得知。

由羅多次安撫左近，但當五百木邊轉調東京的事敲定，左近得知這個消息時，一切都已來不及。他完全不聽由羅的勸諫，就這麼迎接那晚的到來。

當然，如果只殺左近一人，有可能辦到。只要在提供的糧食中下毒，更容易解決這件事。然而，由羅也想幫左近完成人生最後的心願。就算他不能親手斬殺五百木邊，只要自己代爲殺了五百木邊，讓旁人以爲是左近親手所殺，這樣左近應該也會感到欣慰吧。在由羅的眼中，左近已是個讓人想寄予同情的男人。

因此，由羅才會殺了五百木邊。並非出於恨意，她原本就對五百木邊沒有感情。之所以連日日乃也痛下殺手，是需要塑造出一名串通者的緣故。

「儘管如此，我……」

由羅鬆開掩面的雙手，打開梳妝台的抽屜。

裝有胭脂的小盤子、水壺、表面塗漆的細筆旁邊，擺著一個陌生的紫色布包。

由羅納悶地拿起布包。布包的重量，以及隔著布面傳來的堅硬觸感，她記得這東西。難道是——她手指顫抖著，掀開布包，一把泛著黑光的手槍出現在眼前。

「為什麼……」

她沒看錯，手邊的這把手槍，就是那天晚上用來射殺左近的手槍。理應已當作證物扣押了才對，為什麼會在這裡……？

她藏起手槍，站到從隔門那邊看不到的位置，確認彈匣裡的子彈。裡頭只剩一發子彈。

緊握槍柄的手開始冒汗，由羅悄悄將手槍放回抽屜。右邊擺著胭脂盤和細筆，左邊擺著黑色手槍，由羅默默注視著兩邊，再次想起自己犯下的罪。

由羅無法原諒左近。她眼前的左近，正要破壞她心中最珍惜的左近，她不能容許這種事發生。

如果是以前的左近，絕不會做出如此魯莽的計畫，想必也不會那麼冷淡地回絕她的請求。

令由羅感到絕望的，並非是左近受傷的慘樣。是他頹廢的心靈，令由羅感到悲傷，無法接受。所以由羅才會殺了他。如果自己能守護往日的憧憬，就算失去丈夫，回島原重操舊業，她還是能懷抱那份驕傲，獨力活下去。由羅如此深信不疑。

因此，由羅一點都不後悔。這雙手確實染滿鮮血，儘管如此，她已親手護住那分驕傲，又有什麼好後悔的呢？扣扳機時，由羅沒有一絲躊躇。殺死左近的那晚，一直到扣引板機前，由羅的內心都沒半點動搖。

由羅抬起臉，喃喃低語：

「我不後悔。」

由羅對著鏡中露出落寞微笑的自己說道。

她的手緩緩伸向裝有胭脂的盤子。

六

「江藤先生。」

江藤回頭一看，夕陽餘暉下的府廳長廊對面，出現一道身穿黑色短外罩搭裙褲的人影，還拎著一把雨傘。

「鹿野。」

人影朝他行了一禮。

「我剛才從伏見回來。情況我已聽本城先生大致提過，辛苦了。」

在夕陽晚照下，師光身上透著黑紅兩色。江藤神情嚴峻地面向他。

「沖牙由羅以超乎預期的順從態度接受偵訊，這樣應算破案了。」

「眞是太好了……對了，爲了將這起案件整理成報告書，有兩、三件事想向你確認。方便在這裡請教你嗎？」

師光臉上掛著平靜的微笑，如此詢問。江藤表情不變，默默點頭。

「唔，聽說江藤先生你在得知行凶的順序時，就已發現這並非一般的暗殺，對吧？你是從什麼時候開始懷疑沖牙的呢？」

「從一開始我就覺得她很可疑。」

江藤一副理所當然的口吻，師光「哦」了一聲，瞪大眼睛，繼續問：

「你的意思是，從發現屍體的時候開始嗎？」

「是從我遇見那名女子的時候開始。」

江藤平靜地加以糾正。

「沖牙一走出家門，便向本城求救。仔細想想，這有點奇怪，爲什麼她不認爲我和本城是襲擊五百木邊的劫匪同夥呢?」

師光心領神會地發出「啊」的一聲。

「那天晚上,本城穿著禮服。那並非一看就能知道是巡警的裝扮,而且門打開時,本城還手按在刀柄上,準備拔刀。一般人看到這樣的人,應該會以爲是劫匪的同夥,轉身就跑吧。可是,沖牙卻毫不猶豫地向我們求救。當時我心想,這名女子應該是早就知道劫匪沒有其他同伴。經確認後得知,沖牙與本城從未見過面,所以我更加感到奇怪。」

師光雙手一拍,說道:

「不愧是江藤先生,沖牙理應知道廣澤參議那起事件,卻沒抱持戒心,這樣確實不太自然。哎呀,眞是明察秋毫。」

不過——師光眼中掠過一抹精光。

「這樣我就想不透了。既然你一開始就覺得沖牙可疑,爲什麼不馬上逮捕她呢?」

江藤皺起眉頭。夕陽逐漸西沉,不知不覺間,師光脖子以上已完全籠罩在暗影中。黑暗中繼續傳來師光的聲音:

「既然身爲司法卿,你要用什麼手段應該都不成問題。明明可以馬上逮捕沖牙,加以拷問,逼她自白吧?江藤先生,爲什麼你不這麼做?」

「說什麼傻話。」

江藤不屑地說道。

「原因你應該最清楚才對。我就是不容許有這種野蠻的行爲，才創立司法省。」

冷風從兩人之間吹過。庭園的樹木一陣搖晃，沙沙作響。江藤先生——師光若無其事地問：

「對了，你的傷是怎麼回事？」

江藤馬上緊握左手的大拇指，想連同手臂一起藏進袖子裡，然而他這才發現，從師光所站的位置，不可能看得到他的傷痕。

著了他的道——江藤忍不住緊緊咬牙。師光向前踏出一步，再次染成紅色的臉龐，已無笑意。

「遺留在五百木邊刀鞘上的鮮紅血痕，以及遮蓋血痕的白色櫻瓣。聽本城先生說，這兩者是破案的關鍵……但這實在很奇怪。」

師光直視江藤，接著說：

「案發已過兩天，爲什麼血還是紅色的？爲什麼花瓣沒枯萎，依舊是白色？」

江藤已無意遮掩大拇指。他左手大拇指的指腹上，清楚地留下一道還很新的割傷。

師光露出悲傷的表情，長嘆一聲。

「……而且，我從本城先生那裡聽到，另一件令我在意的事。沖牙被逮捕後，從她的梳妝台裡發現一把手槍。」

師光蒙上暗影的雙眸，凝睇著江藤。

「那是理應當作證物扣押，由府廳嚴加保管的手槍。直到前一天晚上爲止，確實都放在置物間，這一點本城先生和其他多名巡警都能作證。也就是說，那是你們今天前往逮捕沖牙時，特地帶出去的。」

江藤低笑，「意思是，那是我幹的嘍？太可笑了，這麼做我有什麼好處？」

「如果沖牙用了那把手槍，五百木邊遇害一事，最後會以凶手自盡結案。沒能成功逮捕凶手，肯定會被認定是失敗的結果。當然，帶頭指揮的江藤先生也會被究責吧。但委託你搜查辦案的負責人——司法顧問鹿野師光，當然也得負起失職的責任。」

江藤的視線移向庭園，黑暗從染成紅色的樹叢間步步逼近。

「從彈正台轉調來的那幫人，會像斬下妖怪首級一樣，得意洋洋地藉此責怪我。由於這次的失敗過於嚴重，就算我是奉太政大臣的命令前來接顧問這個位子，這下也非得解職重回司法省不可。江藤先生，你就是看準這點，故意把沖牙叫到房間來——讓她回到事先藏有手槍的那個房間，對吧？」

「怎麼可能……」

江藤啞聲否認。他的眼角餘光看到師光在搖頭。

「你真的很聰明。從五丁森的案件那時候起就是這樣。不管怎樣都絕不吃虧，爲達目的不擇手段。只要是爲了你追求的理想，就非這麼做不可對吧。這個我懂。」

不過——師光悄聲低語：

「你做得太過火了。」

師光緩緩轉身背對江藤。

「喂，鹿野。」

江藤不自主地衝上前，這時，隨著揮刀的「颼」一聲，一道烙鐵般的光芒從江藤面前閃過。江藤大吃一驚，驀然停步，而師光揮刀的同時，已離鞘的藏刀傘刀尖，已逼近他的喉嚨。

「你……」

江藤凝視著師光。

「……我和你已無法走在同一條路上。」

師光以閃著紅光的刀刃緊抵著江藤，低聲說道。江藤不禁倒抽一口氣。

「別忘了，下次再見面時，你便是我的敵人。」

師光的手緩緩垂落，低著頭將刀刃收回傘中。江藤無法動彈，一道冷汗從臉頰上滑落。

師光再次背對江藤，緩緩邁步向前。江藤想留住他，但舌頭打結，說不出話，只能茫然地目送著師光朝暗夜遠去的背影。

而後，佐賀之亂

一

明治六年（一八七三）十月，東京太政官爆發出以五名參議爲首，五百多名官員及軍人一同辭職的事件。

日後史稱「明治六年政變」的這場重大事變，起因於主張應以武力逼朝鮮開國的征韓派，與主張比起出兵海外，更應以富國強兵和振興產業爲最優先考量的內治派之間的爭論——亦即所謂的征韓論爭。

自明治維新以來，朝鮮與日本的關係一路惡化。

明治元年，在木戶孝允的提案下，京都太政官很早便向朝鮮傳達日本成立新政權一事，並希望能建立邦交。準備一切全部重建的這個國家，應該先與鄰國打好關係，這是考量到外交做出的決定。

選出長期擔任朝鮮外交窗口的對馬藩宗氏擔任外交使節，並以最高的禮節向朝鮮告知王政復古一事，得到的卻是近乎拒絕的答覆。朝鮮向來採取鎖國攘夷的方針，對他們而言，日本這個不知羞恥的鄰國，直接捨棄自德川幕府以來長達三百年的慣例，而且竟然還改換成夷狄的慣習，只配淪爲鄙夷的對象。

之後日本多次派使節前往朝鮮，都吃了閉門羹。非但如此，朝鮮仗著有清國的強大力量在背後撐腰，持續愚弄日本。最後，日本國內主張應該討伐朝鮮的情勢日漸高漲，可說是理所當然。

當時內治派的岩倉具視和大久保利通，正率領使節團出外訪問歐美。而負責留守政府的是，出身薩摩的西鄉隆盛和出身土佐的板垣退助等人，他們對朝鮮的跋扈大爲憤慨，主張要用武力還以顏色。

內治派當然早就預見會演變成這樣的事態，於是大久保在出國前對太政大臣三條實美再三叮囑，不論內政還是外政，都不能推動重大的決策。然而，這位公卿出身、優柔寡斷的政治家，自然沒能力壓制明治維新的諸位豪傑。儘管內治派在歐美各國接受近代化的啓蒙，但另一方面，國策的船舵卻在驚險中一路朝征韓的方向駛去。當岩倉和大久保返國時，已決定要派出公使前往朝鮮，一旦朝鮮對公使有任何失禮的舉措，便要以此爲藉口出兵討伐朝鮮。

內治派極力想挽回，但爲時已晚，派遣公使的決議已定，眼看是征韓派勝出。然而，十月十七日深夜，情勢突然急轉直下。三條倒下了。

這位皮膚白淨、爲人誠實，但個性怯懦的太政大臣，雖是政權上的第一號人物，長期以來卻備受內治派與征韓派雙方的責難。岩倉與大久保責怪他容許征韓派恣意胡爲，西鄉和板垣則天天催他早日派出公使。三條心力交瘁，終於在十七日晚間失去意識，昏迷不醒。內治派看準這個契機，展開反擊。

身爲政權第二號人物，被任命爲代理太政大臣的岩倉，親自趕往太政官，對緊急召集的眾參議朗聲宣布：

「我接下來將晉見天皇，向天皇奏呈派遣公使的決議。不過，之前我一再強調，我反對此次的派遣公使。因此，我會向天皇奏呈眾卿和我的不同意見，請天皇裁示。」

征韓派大爲驚訝，批評他獨斷獨行，但岩倉堅持這麼做，不容分說，兩派就此決裂。

最後，派遣公使赴朝鮮一事無限延期，內治派的情勢大逆轉，征韓論爭暫時落幕。

對政界心生反感的西鄉，辭去太政官的職位，板垣等其他征韓派參議也陸續辭官——而原本擔任司法卿的參議江藤新平，也名列其中。

二

明治七年（一八七四）一月十三日，在東京大名小路的司法省內一室。

「你是說，沒能攔下江藤？」

司法卿大木喬任的拳頭重重捶向桌面。隔著西洋桌站在他面前的三名部下，聽到大木的怒吼，不由得立正站好。

「眞、眞的很對不起，我們慢了一步，蒸汽船已開走——」

「你明白這是什麼情況嗎？一旦江藤回到佐賀，這場戰事就無法避免了啊！」

平時個性敦厚的大木臉色驟變，三人皆大吃一驚。大木厚實的手掌抵向前額，深深嘆了口氣。

辭去參議一職的江藤說要回故鄉時，同樣是佐賀出身的大木試著說服他，要他改變主意。

當時佐賀有一群對政府的方針深感不滿的昔日士族，不斷與縣廳起衝突。他們分成憂國黨與征韓黨兩派，手持武器起事看來是時間早晚的問題——不光是大木，連東京的太政官都冷靜地做出這樣的判斷。

與政府分道揚鑣的江藤，現在要是回到佐賀，究竟會發生什麼事？那些心懷不滿的士族，肯定會拱他出來當領導人，這是顯而易見的事。

爲了阻止江藤回鄉，大木好說歹說，說到嘴都瘦了，但江藤對於他的忠告只是一笑置之。

「你就是愛瞎操心。你以爲我江藤新平這麼容易被別人操弄嗎？別擔心，我是爲了安撫他們才回佐賀，哪有消防員自己還縱火的道理？」

大木十分明白，江藤新平是當代首屈一指的理論家。的確，他並不覺得江藤會受那些昔日的士族教唆。話雖如此，也不能完全都不擔心。

見大木盤起雙臂，表情凝重，江藤像是要開導他，語氣略微和緩。

「聽說陸軍省那幫人爲了威嚇佐賀，考慮要增加熊本鎮台的兵力。這可眞夠蠢的，根本用不著派出數百名士兵，只要我一個人前往就能搞定。佐賀亂不了的。不，應該說我不會讓他們作亂。」

最後，連大木也讓步了，但還是有一股不安淤積在他心底。因此，得知江藤以養病爲由準備返鄉時，大木派部下趕去橫濱港，就算用強硬的手段也想把人留下。

「有兩人已坐上下一班船，去追江藤先生了。雖然在海上無法追上，但江藤先生下船後，有可能馬上進行跟蹤。」一名部下惴惴不安地說道。

「……查出江藤搭的那艘船預定停靠的港口，先打通電報給派駐在那裡的職員，不必寫得太詳細。之後會再下達指示，要他們待命，以便隨時行動。」

接到大木的命令，部下們隨即衝出辦公室。

在空無一人的辦公室裡，大木再次嘆了口氣。儘管目前能安排的都安排了，然而下一步該怎麼做，他完全沒有頭緒。江藤已離開東京，要怎麼將他帶回來，大木實在想不出辦法。

不管派出多快的千里馬，由陸路都不可能搶在江藤前頭。因此，大木該採取的做法，只有讓派駐在外的司法省職員在蒸汽船途中停靠的各個港口待命，利用船停靠的短暫時間說服江藤。然而，不管派出多能言善道的官員，都不可能讓江藤新平回心轉意。如果動用武力，強行將江藤拖下船，未免太離譜了。要是引發騷動，對下野的征韓派參議極爲反感的大久保等人，難保不會趁這個機會使出什麼手段。

大木沉吟著，仰望天花板。

不料，後來因爲發生某起事件，情勢驟變。

隔天的十四日晚上，在赤坂的臨時皇居向天皇奏呈結束的代理太政大臣岩倉具視，在返家的路上遭遇刺客襲擊。這便是俗稱的「赤坂喰違之變」。

幸好趁著天色昏暗，岩倉成功逃脫，保住一命。但心懷不滿的士族終於展開行動，這項事實令政府大受打擊，大久保見事態嚴重，翌日便令他規畫中的東京警視廳採取行動，追查行凶者的下落。

「爲了查探行凶者，或是有無其他相關人員，警視廳針對案發前後從東京出發的客船和人力車逐一展開調查。江藤先生搭乘的蒸汽船似乎也在神戶港接受身分調查。」

接獲部下的報告後，大木忍不住朝膝蓋用力一拍。要是船停靠的時間延長，就能用來好好說服江藤。視情況，大木也可能親自前往神戶。

「等等。對了，神戶是吧。」

一名男子的面容浮現在大木的腦海。離神戶不遠的京都，有一名昔日曾在江藤底下工作，如今調任京都府擔任司法顧問的男子。大木也認識他，面對桀驁不馴、總和人處不好的江藤新平，這名男子是太政官裡難得可以巧妙操控他的人。只要派這名男子當說客，也許江藤會打消返鄉的念頭。

大木連忙站起，大聲向部下下令：

「馬上發緊急電報給京都府的鹿野師光！」

三

一月十五日晚上，在京都府廳的顧問室。玻璃燈罩的洋燈光線朦朧的室內，有兩名男子。

「先前派遣的部下回報，江藤先生於今天下午離開神戶。」

鹿野師光深坐在西洋椅上，緩緩抬頭。巡警隊大隊長本城伊右衛門在門口附近立正站好。

「不等船出航，改從陸路前往佐賀嗎？」

不——本城搖頭，說道：

「江藤先生似乎正朝京都而來。可能是想爲自己辭職下野的事來打聲招呼，途中或許會住一宿，明天才到京都。」

師光閉上眼，沉默片刻後，只說了一句「神戶之行取消」。

「要讓我追查你的下落是嗎？好吧。」

師光微微睜眼，從堆積如山的文件中抽出一張紙。那是來自東京司法省，以司法卿大木喬任的名義發的電報，上頭簡略地提到江藤下野的經過。

「我說過，下次再見便是敵人。」

本城露出納悶的神情，師光沒理會他，逕自將電報拋到桌上。

「這個人眞傻。」

師光深深靠向椅背，喃喃低語。

四

一月十六日下午，江藤獨自走在位於京都六角通的府立監獄，西棟牢房的長廊上。

那整排老舊的牢房柵欄後面，一樣沒有半個人影。從高窗透進的陽光無比白亮，牢房內顯得冷冷清清。

他不由得嘆了口氣。回想起最近那令人眼花繚亂的風波，江藤已許久沒體會過這種寂靜的滋味。

這次一連串的風波，完全出乎江藤的意料之外。

江藤向來以擴充國內法律制度爲第一要務，朝鮮問題他其實根本不在乎。但江藤之所以刻意加入征韓論爭，是希望藉由鼓動兩者的對立，一舉將主流派的薩摩和長州勢力趕出新政府。最後雖然大幅削弱了薩長的勢力，付出的代價，卻是連江藤自己都得離職。既然西鄉和板垣都遞出了辭呈，同樣身爲征韓派的一員、展開爭論的江藤，當然不可能繼續留任。

然而，江藤並不打算就這樣下野度過餘生。從諸項法條的改訂和編纂，到司法制度的確立，還有許多非做不可的事。而且，江藤自認這項大事業一旦少了他，便無法完成。就算現在辭去太政官的職務，料想他們也會馬上前來懇求他復職。

像大木這些佐賀派所屬的官員，都頻頻勸江藤不要離職返鄉。佐賀確實有昔日的士族準備叛變的徵兆。一旦江藤返鄉，對方就會企圖和他接觸，這樣的發展也很容易想像。不過，江藤認爲這樣反倒好。

當初辭去參議的職務，江藤就打算回佐賀休養。他的身體狀況不算太糟，不過確實累積了不少疲勞。趁這時候返鄉，泡泡嬉野溫泉（註），好好放鬆一下也不壞。

那些心懷不滿的士族如何憤慨，江藤絲毫不感興趣。就算對方邀他一同起事，他也會認爲

註：佐賀當地具有美肌功效的知名溫泉，號稱三大美肌溫泉之一。

對方是因怒火而失去理智，沒有知識的一群人。要對付他們，想必比對付三歲孩童還容易。

江藤腦中已有方案。如果能以自己的辯才安撫這群心懷不滿的士族，政府對他的評價不就會提升嗎？爲了以參議的身分重回太政官，就趁這機會調養生息，順便幫自己鍍金，這樣也不壞。江藤心中如此盤算。

因此，江藤決定返回故鄉佐賀。如果還要再給個原因的話，那就是大木他們警告他別輕舉妄動的口吻，江藤聽了很不是滋味。江藤也明白，那麼說是出於善意。但每次聽周遭人提出忠告，那宛如在安撫似的口吻，江藤聽了就上火，心想「既然這樣，你們看著好了」，反倒令他返鄉的心意更加堅決。

爲了搭開往長崎的蒸汽船西下，江藤帶著兩名書生前往橫濱港。

江藤選擇水路的原因有二。一是這遠比陸路快得多。要是在他返鄉前便已開啓戰端，他辛苦籌備的計畫就泡湯了。

至於另一個原因，就是如果走陸路，他勢必得行經京都——從鹿野師光的跟前通過。

分道揚鑣時，抵在他喉嚨的那把亮晃晃的刀刃，至今仍烙印在江藤的眼底。

江藤有奉行不二的正義，這一點想必師光也一樣。師光抱持的又是怎樣的正義呢？江藤不懂。唯一確定的是，師光要走的路，絕對不會與他有交集。

江藤原本就不指望別人能理解他。既然無法與別人維持同樣的步調，不如一開始就獨行。即使對象是師光也一樣。

另一方面，與師光一起在司法省度過的那段歲月，總令江藤掛懷，這也是事實。江藤當然對自己桀傲不馴的個性有自覺。直到現在，江藤才意識到師光竟能與他共事那麼久，心中感到既落寞又驚訝。

他壓抑心中的情感漩渦，選擇走水路。

然而，神戶一事令他的選擇大爲動搖。他搭的船停靠時，他從上船搜查的官差口中得知岩倉遇難，以及爲了進行搜查，下錨停靠的時間將延長，於是江藤自行前往會載客到京都的人力車行。雖然官差們嚴格命令全體乘客都得在港內等候，但面對前參議江藤，當然無法強硬要求他配合。江藤也是從一開始就沒理會他們的要求，他命隨行的兩人在旅館等候，隻身前往京都。路上在山崎村過了一夜後，來到京都，江藤在府廳得知，師光與本城爲了偵訊某個罪犯，已一同前往監獄。江藤跟隨兩人的腳步前往監獄。

抵達監獄後，江藤先拜會著長萬華吳竹。接著他趁師光忙完工作前的這段時間，從萬華那裡獲准進入監獄西棟。師光正在西棟的某個房間進行偵訊，但這裡有另一個江藤想見的人。他拒絕萬華的陪同，只拿了進入牢房區用的外門鑰匙，便隻身一人進入西棟。

江藤來到通道的盡頭，站在牢房前。

「這可眞是稀客啊。」

從昏暗的牢房深處響起一道沙啞的聲音。

大曾根一衛維持單膝立起的姿勢，抬頭望向江藤，嘴角輕揚。

「我在府廳聽說你還活著，原本以爲你很早以前就被處刑了。」

江藤按著腰間的刀柄，後退半步，與牢房門柵欄保持距離。他想起萬華提醒過，千萬別被囚犯隔著柵欄奪刀。

「要是我死了，有人會傷腦筋。一直到上個月爲止，我都在奈良。」

大曾根冷淡地應道，江藤重新觀察他的模樣。灰白的頭髮凌亂，臉龐也顯得汙黑，但體格還是一樣健壯。

「然後呢？你這位太政官裡的大人物專程來到這裡，有何貴幹？」

「沒什麼事，只是來看看你的落魄樣。」

東京的征韓風波，以及江藤辭職下野的事，大曾根不可能知道。大曾根朗聲笑著回了一句「原來是這樣」，江藤俯視著他，想起他與師光素有交誼。

「喂，大曾根。」

猛然回神，江藤發現心中的想法已脫口而出。

「依你看，鹿野師光是個怎樣的人？」

大曾根納悶地回望江藤。猶豫片刻後，江藤接著問：

「鹿野奉行的正義是什麼？」

大曾根背靠著牆壁，定睛注視著江藤。

「你突然冒出這句話，我還以爲是要問什麼呢。」

大曾根嘴角歪向一旁，顯得別有含意。江藤瞪著大曾根，轉身背對牢房。他覺得自己對此抱持一絲期待，實在很愚蠢。

「以罰贖罪。」

江藤正要離去時，背後傳來大曾根冰冷的聲音。

「師光常這麼說。在這一點上他從以前就不曾改變。」

江藤回過身來，大曾根語帶揶揄：

「江藤啊，才一陣子沒見，感覺你成了全身都是血腥味的男人。」

江藤的表情頓時扭曲。他開口想要反駁，卻說不出半句話。

他緊抿雙脣，再度邁出腳步，背後傳來一陣憋笑聲。笑聲愈來愈響亮，最後變得震耳欲聾。

在響遍牢獄的嘲笑聲中，江藤快步離開，再也沒回頭。

西棟本身算不上大，但通道錯綜複雜，所以要從牢房區的最深處回到出口，相當花時間。江藤表情陰沉地走在走廊上，取出懷錶想確認時間。指針指向一點四十七分。萬華說過，師光應該在四十分左右就會結束偵訊。

江藤感到心中有股沉重的壓力，默默移步向前，就在這時——

微微有股怪味撲鼻而來，他不禁停下腳步，環顧四周。那莫名的腥臭味，江藤覺得好像聞過。

他追蹤臭味的來源，最後來到一扇拉門前。怪味是從門後傳來。門的旁邊掛著一塊小板子，上面寫著「資材室」。

打開拉門一看，連採光窗也沒有的室內一片漆黑。定睛細看後，得知裡頭約十張榻榻米大，木板地上擺著幾個大小足以雙手環抱的竹箱和木箱。但更吸引江藤目光的，是溼了一地的大量血水。除了散發陣陣的鐵鏽味外，四周還摻雜一股燒焦味。

「這是怎麼回事？」

大量的鮮血，從擺在牆邊的黃色竹箱之間流出。江藤往竹箱後方窺望，發現有個男子背靠著牆壁，癱坐在地。男子低著頭，看不出他的表情，但不用檢視也知道，那是一具屍體。

江藤伸長脖子，仔細打量男子的模樣。男子的裝扮，讓人聯想到昔日的德川步兵隊或是鳶架工人，上身穿筒袖襯衣，腰間繫著男性用腰帶，下身則穿段袋（註）和膠底二趾鞋襪。全身上下清一色的黑，所以不太顯眼，不過全都被鮮血濡溼了。

江藤小心不弄亂地上的血跡，慢慢靠近屍體，直撲鼻腔的焦臭味愈來愈濃。

他伸手碰觸屍體的脖子。指尖傳來的冰冷觸感，令江藤忍不住蹙眉。雖然多次接觸過屍體，唯獨這一點他始終無法習慣。

他搬動竹箱，在牆邊跪下，窺望屍體的臉，是他不曾見過的男子。年約四十五歲左右，身材中等，長相也沒什麼特色。那圓睜的雙眼，望著往外伸的腳邊。似乎是從喉嚨深處溢出的黑血，黏稠地染髒了男子的嘴角。

江藤扶起屍體，進行檢查。右邊側腹有刀傷。他讓屍體往前傾，進一步確認，得知刀傷直透背後。除此之外找不到明顯的傷痕，所以這可能是致命傷。

江藤在裙褲上擦拭弄髒的手指，站起身。白色的灰泥牆上有一大片血跡，像開花般綻放。血跡的位置，相當於江藤腹部的高度。從血花處留下宛如一路往下抹上血汙般的痕跡。

「正面被刺傷，背靠著牆壁滑落是吧。」

江藤彎著腰，湊向牆上的血跡。細看後發現，血跡中心的灰泥剝落，形成一個小洞，有東西卡在裡頭。他試著以指甲摳下後，有個小小的銀色金屬片，隨著飄落的白粉一同掉落。

註：幕末到明治年間的一種裙褲改良成的長褲，武士訓練時使用。

江藤將那小小的三角形物體放在掌心仔細端詳。那散發朦朧微光的尖端無比銳利，似乎是刀子的碎片。貫穿男子側腹的刀子餘勢未歇，刺向牆壁，刀尖頓時斷裂，留在牆壁裡。

江藤將金屬片收進衣袖，重新觀察屍體周遭。附近有一把收在刀鞘裡的短刀掉落地上，可能原本是插在屍體的腰帶裡吧。江藤撿起那把短刀，拔刀出鞘，刀刃亮白如鏡，看不出一絲血霧。

江藤朝左側的竹箱望了一眼。竹箱上遺留一條燒得焦黑的手巾。那怪味似乎就源於此物。江藤捏起手巾，手巾瞬間崩散，但有許多地方燒得不完全，還帶有溼氣。碰觸的指腹被染成紅黑色。這塊質地粗糙的布，凶手似乎是用來擦拭刀上的鮮血。

當江藤查看眼前的慘狀時，忽然回過神來。雖然擅自展開調查，但已下野的他沒有這樣的權限，得趕緊告訴萬華這件事才行。

他從手巾上移開目光的瞬間，四周一黑。當他曉悟是某個東西阻擋了來自走廊的亮光時，背後響起一道熟悉的聲音。

「你在做什麼？」

轉頭一看，資材室入口處有兩道人影，是穿黑色短外罩搭裙褲的師光，和一身黑色隊服的本城。

「哦，是鹿野啊，你來得正好。我正準備去通報萬華，如你所見，有人喪命——」

「等等。」

江藤往前踏出一步，師光不客氣地打斷他的話。背後似乎還有其他人在，只見師光轉身下達命令，接著緩緩面向江藤。

「是你幹的嗎？」

江藤說不出話，本城快步從他身旁通過。

「沒救了，人已死。」

本城困惑的聲音，令江藤腦中更加混亂。

「喂，鹿野，我……」

「江藤新平。」

師光這才望向江藤。那是像塗了黑漆般冰冷的眼神。

「人是你殺的，對吧？」

江藤吞了口唾沫。

「這怎麼可能……」

他聲嘶力竭地喊出這麼一句，已用盡全力。

「本城，將這個男人押入大牢。還有，召集巡警，馬上對現場進行調查。」

師光從江藤身上移開視線，強硬地向本城下令。

「可是鹿野大人，這……」

「這是命令。」

師光冷冷地打斷本城慌亂的聲音，轉身背對江藤。江藤被本城抓住手臂，一臉茫然地望著師光發出清亮的腳步聲、逐漸遠去的背影。

五

在監獄東棟的昏暗房間裡，江藤盤起雙臂坐著。

這間房不到六張榻榻米大，但沒有任何家具，所以令人覺得莫名廣敞。土牆圍繞的室內滿是塵埃，破損起毛邊的榻榻米，坐起來格外寒冷。

「這是怎麼回事？」

江藤終於恢復冷靜，撫摸著下巴嘀咕。他前參議的身分發揮作用，免去了牢獄之災，但至今仍有巡警站在隔門外看守，紙窗外架設了格子柵欄，與軟禁無異。被帶來這裡之前，他的長短刀和懷錶都已被扣押。

不過，江藤一點都不想逃離這裡。自己到底是被捲入什麼風波，還是被人陷害？話說回來，那名遇害的男子究竟是誰？沒搞清楚這一切就默默收手，他可不是這樣的人。

江藤想起先前進入西棟時的情況。入口站著兩名警衛。從牢房這種建築的特性來說，不相干的人要通過他們的監視，誤闖那個場所，怎麼想都不可能。應該可以將死者當成裡頭的一名職員，但屍體所穿的服裝又與監獄職員的服裝不同。

「打擾了。」

隔門外響起熟悉的聲音，本城一本正經地走進來。

「好久不見啦，本城。」

本城默默坐在江藤面前後，低頭行了一禮說「許久沒向您問候了。此次偵訊由在下負責，若有冒犯還請見諒。」

「哦，不是鹿野負責嗎？」

本城頷首。「爲了向太政官確認那名死者的身分，他親自前往河原町三條的西京電信局了。在下奉大人指示，要向先生您請教幾件事。」

「這麼說來，知道屍體的身分了吧。」

江藤移膝向前，本城靜靜注視著他。

「江藤先生……」

「什麼事？」

「請您如實回答，是您殺了他嗎？」

說什麼傻話——江藤大聲嘖舌。

「本城，你當巡警隊長幾年了？連是不是殺人犯都不會分辨嗎？」

面對江藤的厲聲喝斥，本城黝黑的臉浮現濃濃的困惑之色。

「江藤先生，您知道那名被殺害的男子是什麼人嗎？」

「我怎麼會知道。」

江藤忿忿不平地重新盤起雙臂。

「……那具屍體的眞實身分是內務省警保寮的密探，名叫吹上虎市。」

受不了沉默率先開口的人是本城。聽到這陌生的名字，江藤挑起單邊眉毛。

「因爲他可能是奉命跟蹤您，目前還在向內務省確認中。不過，他懷裡藏有身分證以及與您有關的各種資料，研判應該是沒錯。」

仔細想想，對於有可能成爲內戰導火線的前參議，內務省不可能放任不管。原來如此——江藤苦笑著應道：

「你想說的話，我明白了。這名姓吹上的男子，對我來說，是個麻煩人物。」

對政府來說，不知何時會和那些心懷不滿的士族勾結的前參議，只會是礙眼的存在，所以才派出密探二十四小時跟監，只要判斷對政府抱持些許惡意，就馬上拘捕。不，如果是內務省，視情況有可能會捏造莫須有的罪名，強行逮捕。正因江藤待過司法界，對這方面的小手段知之甚詳。

「話說回來，本城，雖然這不是什麼值得誇耀的事，不過在你告訴我之前，我連自己被人跟蹤都不知道。就算我發現了密探，也不會刻意在這種地方殺他吧。」

「您說得沒錯。」

「加上還有刀子的問題。看屍身留下的傷痕就會知道，刺傷吹上的，應該是刀身很長的長刀。你可以檢查一下我被沒收的佩刀，看刀刃上有沒有血汙——」

江藤說到這裡，突然打住。因爲他想起遺留在屍體旁的手巾。

「原來如此。在旁人眼裡，就像是我刺殺吹上，擦掉刀上的血，正準備起身離去吧。」

「而且是在燒毀手巾後。」

本城有些顧忌地補上這麼一句。

「燒剩的手巾上有燈油的油漬，很快就能著火。我們確認過您的持有物，您身上帶著打火鐵，並沒有手巾。」

「開什麼玩笑。現在又不是容易流汗的時節，所以我才沒刻意帶在身上。手巾好端端地收在我寄放府廳的行李中。至於打火鐵這種東西，只要是抽菸管的人，都會帶在身上吧。單憑這一點，你就把我當凶手看待嗎？」

「當然不是。」

本城望向江藤的雙眸似乎顯得有點難過。

「如您所知，西棟的入口有兩名警衛看守。向他們確認後，得知今天在西棟出入的人當中，只有江藤先生您帶著長刀。」

江藤大爲錯愕。本城雙脣緊抿，緩緩點了點頭。的確，眼前的本城身穿隊服，但沒帶任何武器。現在回想，師光和萬華腰間都只插著短刀。短刀的長度無法貫穿人體。

等等——江藤忍不住往榻榻米上用力一拍，說道：

「就算只有我一個人帶長刀，以此斷定我是凶手，未免太亂來了吧。也可能是有人事先將長刀藏在監獄的西棟吧。」

「您說得沒錯。因此，剛才已命二十名巡警對西棟內部展開地毯式搜查，目前還沒傳來報告。」

「查得不夠仔細。」

江藤語氣強硬，本城沒答腔，只是默默地低下頭。

本城像石頭一樣沉默了半晌，拿定主意般，抬起臉來。

「江藤先生，我再問一次，您眞的沒殺吹上吧？」

江藤露出受不了的神情，嘆了口氣。

「你可眞纏人。我說了，我不認識他。」

本城手伸進懷中，取出一張折好的紙。

「我明白了。那麼，萬一在西棟內部找到長刀，凶手大概就是我本城伊右衛門吧。」

「……這話是什麼意思？」

本城在榻榻米上攤開那張紙，靜靜地遞到江藤面前。

「請您過目，您應該明白是什麼意思。」

紙上以黑墨畫了四條線，分別在黑線左邊寫上名字。

「這是記錄了今天在西棟出入的人員行動一覽表。就每個人的行動來看，有辦法殺害吹上的人，只剩江藤先生您和我而已。」

江藤新平、鹿野師光、木城伊右衛門，以及萬華吳竹。發現吹上屍體的下午一點五十分前，這段時間在西棟進出的只有這四人，以及擔任師光他們的輔佐一同參與偵訊、名叫左近寺的巡警，一共五人。關於那兩個警衛，由於西棟出入口就位在中棟值班室看得到的位置，已有多名職員作證，說他們沒離開過崗位。

「說起來，左近寺一直都跟鹿野大人或我同行，完全沒單獨行動。因此，他也可以從嫌疑人名單中移除。」

本城粗大的手指依序指向紙上四個人的名字。上面的橫線以時間軸的方式呈現，每十分鐘做一個區隔，分別都有個部分重複塗上紅墨。

「我按事情發生的順序說明。首先是十二點三十五分，江藤先生您造訪監獄。您是從正門進入中棟，直接去拜訪萬華署長吧。幾乎同一時間，我們三人剛好從中棟後門離開，沿著庭院走進西棟。」

「這塗紅墨的部分，是我們分別在西棟的時間帶嗎？」

本城看著紙張，點了點頭。

「鹿野大人直接進入偵訊室，我和左近寺則是一起前往裡頭的牢房。帶著罪犯回到偵訊室的時間，就像這上面記錄的，是十二點五十五分。」

「這麼瑣碎的時間，虧你記得住。」

「偵訊開始的時間，按規定得記錄才行。而且基於工作習慣，我身上都會帶錶。話說，我們回到偵訊室時，鹿野大人告訴我們，您已來到監獄。聽說是我們在牢房的那段時間，萬華署長到西棟告知您來訪的事。」

原來是這樣——江藤抬起臉，說道：

「萬華那傢伙見我到來，相當驚訝呢。他說『我這就去叫鹿野顧問來』，便衝了出去。我不願打擾你們工作，所以阻止了他。接著我表示想找大曾根一衛聊聊，他說『總之，請您先等一會』，留下我一個人，自己走了出去。」

「萬華署長進入西棟，是在十二點四十分。他在偵訊室跟鹿野大人交談兩、三分鐘後，再度走出西棟，是五十分的事，這些都寫在紀錄簿上。」

進入西棟後，走到偵訊室約三分鐘左右，確實與紀錄一致。

「之後進入西棟的人是我嗎？」

江藤的頭微微一偏，試著回憶當時的情景。

「從回到署長室的萬華手中接過牢房區的鑰匙，我獨自走進西棟。那是幾點呢？」

「剛好是下午一點。」

本城指著紙上的一處。沿著江藤名字旁的那條線塗上的紅墨，的確是從一點塗起。

「之後您採取怎樣的行動，只能請您親自說明，不過，您去見過大曾根吧？」

「沒錯。我直接朝裡頭的牢房走去，在那裡和他談過話。」

「順帶一問，您找大曾根有什麼事？」

「也沒有什麼要事，我只是很好奇他現在變成怎樣。」

江藤從本城臉上移開目光。

「我在大曾根那裡待了約二十分鐘左右，關於這件事，你去找他確認就行了。」

這時隔門開啓，一名巡警快步走進。他跪坐下來，行了一禮後，靠近本城身邊，附耳低語。

「我明白了，繼續搜查。」

接獲本城的命令後，巡警再次行了一禮，退出房外。

「得知什麼新事證了嗎？」

「之後再說明。先回到原本的話題，剛才談到您與大曾根見面，對吧？」

對——江藤頷首，說道：

「走到牢房區約十分鐘左右，所以我和大曾根見面，大概是一點十分左右。接著聊了三十分鐘，那應該是一點四十分吧。我離開牢房時看了一下錶，是一點四十七分，聊得有點久。」

本城不發一語，露出曖昧的表情。在沒有其他證詞可以應證的這個時間點，想必他對江藤的證詞無法盡信吧。

「那你自己又是怎樣？從十二點五十五分開始，就一直關在裡頭進行偵訊嗎？」

不——本城搖頭，解釋道：

「我只離開過一次。一點十分我去上廁所，用了約十分鐘的時間。那是位於出入口旁的廁所。一點四十五分偵訊結束，在送罪犯回牢房的路上，我撞見命案現場。」

江藤低頭看著紙上的內容說：

「釐清你們的動向了。然後呢？最重要的事，這裡根本沒寫嘛。吹上的行動又是怎樣？」

「我們無法完全掌握他的行動。」

本城的表情變得嚴肅，接著道：

「他沒通過正門，可能是翻牆入侵監獄。剛才我接獲報告，偵訊室旁的置物間窗戶遭人從外面破壞。說來慚愧，他應該就是從那裡入侵吧。」

「喂，再怎麼說，這裡也是監獄，可以這麼輕易就讓人入侵嗎？」

本城嘆了口氣，抬頭仰望。江藤跟著他抬頭望向天花板，發現那裡有幾處黑色的汙漬，四邊結了一層又一層的蜘蛛網。

「昔日的六角監獄，如今成了這副模樣。根本沒錢修繕，只能任憑荒廢。如果是牢房區，當然不允許外人入侵，不過，若是置物間，就情有可原了。聽說被破壞的窗戶，窗框本身都腐朽了。」

本城緩緩轉向江藤，如此說道。

「因此，不清楚吹上入侵西棟的正確時間。但如果吹上是跟著您來到牢房，就能推測出大致的時間。也就是說，他潛入監獄是在您通過正門的十二點三十五分之後。而他進入西棟，應該也一樣是在一點之後。當他查探情況，想入侵中棟時，發現您沿著庭園走進西棟，於是改變入侵的目的地。」

江藤緊抿雙唇，喃喃低語：

「的確，在吹上入侵西棟的下午一點後，能自由行動——也就是有辦法殺他的人，只有我和你。」

本城的臉上看不出任何情感的波動，彷彿戴著能劇面具。

「發現屍體的資材室正好位於偵訊室與牢房區入口的中間。這樣的距離到兩邊都只需兩分多鐘，所以只要有十分鐘的話時間就很充裕。」

「等等，吹上可以入侵這裡，表示凶手也可能來自外面，而且已逃出去，這一點你不能否認吧？」

「當然有這個可能。不過，這麼一來，就不懂凶手燒毀手巾的原因了。」

本城手指伸向那張紙，在一點五十分的地方畫了個圓。

「如果凶手是入侵者，那條用來擦拭血汙的手巾，應該會一併帶走，就算最後不得不留下也無妨，實在沒必要刻意浪費寶貴的逃亡時間來燒毀手巾。但事實上，手巾還吸了油，經過用心的處理。換句話說……」

「凶手是內部的人，爲防萬一，他無法將染血的手巾帶走，也無法擱著不管……就是這個緣故吧。」

江藤接過本城的話。

「如果是這樣，就會事先將手巾帶在身上。」

江藤低著頭，用力搔抓著頭髮。江藤先生——本城喚了一聲，端正坐好。

「就當我是凶手吧。」

本城如此提議，語氣很沉穩。江藤的手停在頭上，並未答話。

「雖然不巧我沒帶刀在身上，但只要在西棟內找到一把長刀，這問題就解決了。不會有任何問題。江藤先生，大木大人剛才也發來電報，說今後的日本仍需要您——」

「本城。」

江藤輕聲，卻極有氣勢地打斷本城的話。

「我有事想跟萬華確認，你馬上去找他過來。」

本城一愣，隨即站起，打開拉門，命門外的巡警去請萬華過來。

「還有，你說大木發電報來是什麼意思？順道繞來京都的事，我應該沒告訴他。」

「得知您搭乘的船被攔下後，大木大人便發電報給鹿野大人，希望他去神戶一趟。」

本城關上隔門，再次坐到江藤面前。

「鹿野大人和我原本想立刻趕過去，但很不巧，府內某位高官在自家倉庫離奇死亡。由於突然要前往搜查，先派了我的兩名部下過去，結果意外得知您已離開神戶，來到京都，所以我們決定在這裡等您。」

本城正要從懷裡取出一張紙，隔門突然打開，萬華氣喘吁吁地出現。

「讓您久等了。啊，本城隊長，剛才鹿野顧問有留話。他說那名男子果然是內務省的密探。」

這個喘得上氣不接下氣的矮小老頭，一邊以袖口擦拭額頭的汗水，一邊原地跪坐下來。

「江藤大人，您找我有什麼事？」

江藤靜靜地移膝向前，說道：

「萬華，爲了通知鹿野他們我來訪的事，你一度走進西棟，對吧？」

「對，我記得是十二點四十分左右。」

「當時你可有提到，我會利用等候的空檔去見大曾根？」

萬華一愣，隨即重重點頭。

「當然有。聽我說完，鹿野大人便說『要提醒他，別讓對方趁機從柵欄的縫隙奪走佩刀』，所以我轉告了您。」

江藤抬手抵向額頭，原來那是師光說的話。他的眼角餘光瞄到本城與萬華面面相覷。

「原來是這麼回事。」

從本城那裡聽聞案件的梗概時，江藤腦中就已建構出一套推理。此刻從萬華口中得到的證詞，也佐證了他的推理沒錯。

「呃，江藤先生。」本城慌張地喚道。「到底是怎麼回事，您弄明白了嗎？」

江藤沒回答他的疑問，左手從前額移開，伸進衣袖。當指尖滑過布料交接處時，他隨即找到想找的東西。冰冷的金屬觸感——那塊金屬碎片。由於當時他馬上藏起來，才沒被沒收。

他把玩著找到的三角形碎片，以拇指指腹碰觸尖端。一陣銳利的刺痛感傳向指尖，碎片尖端出奇滑順地嵌進他的皮肉裡。

他緩緩從袖口抽出手。鮮紅的血像珠子般從他左手拇指浮現。

江藤默默凝視著冒血的姆指。

「以罰贖罪是吧。」

江藤轉身面向本城，平靜地下令：

「召集所有人，我知道凶手是誰了。」

六

六個男人聚集在監獄中棟的署長室，分別是江藤、本城、萬華、巡警左近寺，以及當時站在西棟出入口的兩名警衛。

正面那張原本應該是屬於萬華的署長桌，此時是一臉嚴肅的江藤坐在桌前，本城和萬華默默站在兩旁。白石和大下這兩名警衛，與左近寺三人，百無聊賴地守在入口附近。

沒人想開口，只有不知何時開始飄降的雨聲，靜靜地傳來。

這種情況不知持續了多久，像要打破滿室的沉默般，房門突然打開，發出一陣嘎吱聲，出現一名男子。

「一直在等你……」

十指在面前交握的江藤低聲說道。

「本城，我要你進行偵訊，但我沒准許你這樣自作主張。」

鹿野師光一臉不悅地盤起雙臂。

「那麼，你特地把我們聚集在這裡，是想做什麼？」

師光就這樣盤著雙臂，靠著門邊的牆壁。江藤直視擺出這種態度的師光，雙手放在桌上。

「這起案件落幕了。我已知道殺害吹上虎市的人是誰。」

「很好啊。既然你願意自白，我們就能省去不少時間。」師光冷笑道。

「本城，最後有沒有長刀藏在西棟？」

本城突然被點名，隨即立正站好回答江藤的詢問。

「沒有，雖然還在調查，但目前尚未發現。」

很好——江藤再次面向師光。

「順帶問一句。本城，你們懷疑我是凶手的依據是什麼？」

「用不著再演戲了吧，這不像你的作風。」

師光一副受不了的神情，朝他擺了擺手。

「首先，吹上入侵的下午一點之後，能在西棟單獨行動的人，只有你和本城。而你們兩人之中，唯有你身上帶著疑似用來刺殺吹上的長刀。這是再單純不過的問題。有辦法殺害吹上的人，江藤先生，就只有你。」

「不是這樣的吧。你的推理完全無視某個可能性，還有一個人也可能是凶手。」

江藤緩緩站起，接著說：

「你的推理，是以吹上虎市入侵西棟的下午一點之後爲前提，但這樣眞的對嗎？」

「請等一下，」本城急忙出聲：「要是他沒看見江藤先生您進入西棟，不可能會選擇走那條路。這應該是無須懷疑的事吧？」

沒錯——江藤同意他的說法。

「鹿野在西棟進行偵訊的事，以及大曾根被關在西棟牢房區的事，我都是來到這裡之後才知道。我確實在府廳得知大曾根被關在這裡的牢房，並表示想和他見面。但就算吹上從某人那裡聽聞此事，甚至得知大曾根囚禁的場所，他先潛入的地方也不會是西棟，應該是我通過正門走進的中棟才對。的確，既然吹上的目標是我，你們會認爲他是在一點前就潛入西棟，也無可厚非。沒錯，如果吹上的目標是我的話。」

鹿野——江藤維持雙手撐在桌上的姿勢，直視師光：

「吹上應該是來見你的吧？」

「內務省的密探來見鹿野顧問？這話怎麼說？」

萬華來回望著江藤和師光。師光聳了聳肩，開口：

「就像署長說的，你不用解釋一下嗎？這實在太唐突了，連我都感到莫名其妙。」

「這事再簡單不過了。鹿野，你其實是名人呢。」

江藤豎起右手食指，在署長室內緩緩踱步。

「向太政官提出要返回佐賀老家的江藤新平，途中卻改爲前往京都。而在京都，有個當初在江藤底下效力，甚至還把三條公也捲了進來，離開江藤身邊的男人。看來江藤的目的就是要見那個男人，果眞如此，身爲監視者，一定很在意這件事。」

本城和萬華可能都不知道師光就任顧問一職的經過，驚詫地望向師光。師光仍是雙臂盤胸，不發一語。

「我離開神戶時，吹上應該也做了諸多聯想吧。當我選擇走西國的幹道時，他心中的猜疑應該就轉爲確信。他可能比我早一步離開山崎，或是一路跟蹤我來到府廳。總之，吹上虎市搶先抵達監獄。」

「您的意思是，見鹿野顧問走進西棟，他便打破置物間的窗戶潛入嗎？這怎麼可能！他要找機會和顧問交談，只要等偵訊結束，機會多得是，沒必要刻意用這麼危險的方法。」

「但吹上就是選擇了這個方法。他有非這麼做不可的原因。」

江藤停下腳步，轉頭望向萬華。

「他的目的是監視我，只要判斷我有一絲想危害政府的意思，就會馬上拘捕我。我造訪鹿野的目的，究竟純粹是爲了辭職下野一事來打聲招呼，還是別有所圖，他無法分辨。如果是後者，對吹上來說是求之不得的事。這種情況下會有問題的，是鹿野的立場。」

江藤吁了口氣，伸舌潤了潤脣。這時他才發現自己說得口乾舌燥。

「明治六年（一八七三）一月，鹿野突然被任命爲京都府的司法顧問，離開我的身邊。你們可能不知道，這個男人把太政官和三條公也捲了進去，引發一場很大的風波。」

啊——本城發出呻吟，臉色蒼白地說：

「也就是說，吹上看準了江藤先生與鹿野大人之間的關係，認爲若是能利用鹿野大人，就要將他拉攏過來，一起陷害您吧。」

江藤緩緩點頭，應道：

「鹿野至今仍對我感到不滿，要是我沒發現這一點，仍想以昔日同志的身分，找他談自己的企圖，對吹上來說這是再好不過的機會了。因此，他的時間有限，必須比我早一步和鹿野見面，確認鹿野師光是不是可以用來陷害江藤新平的人選。」

「講了這麼一串又臭又長的說明，眞是辛苦你了。」

師光仍背靠著牆壁，感到無趣似地應道。

「根本沒證據，淨說廢話，到頭來，你究竟想說什麼？」

「有一項前提已消滅。」

江藤低聲說道。

「吹上入侵西棟，是在下午一點前。具體來說，他進入西棟的時間，要是包含十二點三十五分到下午一點這段時間，那麼，不光是我和本城，還有兩人也是嫌犯，那就是萬華和你。而從入口進出的時間，以及萬華和你在偵訊室交談的時間來看，可以判斷萬華根本無暇前往資材室——這是再單純不過的問題，對吧？應該補上的另一名嫌犯，鹿野，就是你。」

師光的目光轉爲銳利。

「本城和巡警去牢房區帶罪犯之際，你在偵訊室等候，當時萬華去找你，大約是十二點四十三分左右。你們結束談話，萬華離開偵訊室，是在四十六分。本城他們回來是在五十五分，所以你有九分鐘的獨處時間。」

「你是指，我在那段時間殺了吹上？」

江藤凝視著冷笑的師光，應了聲「沒錯」。

「太可笑了。」

本城、萬華，以及一直沒搞懂是什麼情況的警衛和巡警，此刻都臉色蒼白地輪流望著江藤和師光。

「吹上選擇從置物間入侵的路線，是造成這一切的原因。如果沒有這個偶然，應該就不會發生這次的案件了。」

江藤又開始在室內踱步。

「置物間就在偵訊室隔壁，所以吹上潛入時，應該能聽見你和萬華的談話。確認萬華離開後，吹上進入偵訊室，你想必嚇了一跳吧。但聽完他的說明後，你釐清了狀況，於是想出這次的計畫。考量到那裡和牢房的距離，你研判在本城他們回來前還有一段時間，便巧言將吹上引到資材室，趁機殺了他。」

「等一下！」本城厲聲打斷江藤的話。

「這邊我不懂，為什麼鹿野大人得殺了吹上？」

「因為他事先從萬華口中得知我在牢房，並且知道我為了見大曾根，很快便會來到西棟。」

江藤注視著師光的雙眸，像在確認自己說的一字一句般，如此說道。

「透過與萬華的交談，你還得知我隨身帶刀。這麼一來，你更確定能嫁禍給我。」

咦——萬華驚呼一聲。

「鹿野不是提醒過你，記得要叫我小心別讓大曾根奪刀嗎？當時你想必是回答他，要是江藤沒帶刀，就不需要擔心這個問題了。」

「可是，江藤先生……」本城繼續追問。「您的說明漏了最重要的一點。那把刀在哪裡？鹿野大人身上沒帶刀啊——」

「本城，他帶了。」

江藤打斷本城的話，喚來那兩名警衛。這兩人突然被點名，就像背後被鐵條打到般，馬上立正站好。

「你問他們兩人，現下站在那裡的鹿野師光，與今天進入西棟時有哪裡不一樣。」

警衛白石與大下急忙望向師光。師光瞪著他們，還是一臉無奈地攤開雙手。

「呃……沒什麼特別不同的地方……」白石惴惴不安地回答。

「屬下和白石一樣……啊！」

大下似乎發現了什麼，驚呼一聲。「其實也沒什麼，只是顧問現在沒帶傘。」

師光嘴角浮現一抹淺笑，江藤全瞧在眼裡。聽大下這麼說，白石跟著點頭：

「這麼一提我才想到，剛剛顧問好像都撐著傘走路吧？」

江藤向前踏出一步，說道：

「看來，大家都不知道你那把傘的祕密。」

之前發生五百木邊那起案件時，本城曾提到師光以傘代杖，所以就算他在屋內拄著傘，也不足爲奇。但其實不是這麼回事。

「知道那是一把藏刀傘的人，只有你和圓理吧。」

師光事不關己地說道。本城和萬華一陣錯愕。

「你應該會和平時一樣，帶著傘走進西棟才對。白石、大下，沒錯吧？」

兩人戰戰兢兢地點頭。師光命他們將江藤從資材室帶走時，明明沒穿木屐，離去時卻發出叩叩聲響。和平時一樣，是拄著傘行走發出的聲響。江藤聽到那個聲響，之後又聽聞案件的梗概，便已完成這套推理。

「是又怎樣？」

師光這才離開牆邊。

「的確，我是帶著傘走進西棟，但也就僅止於此。吹上在下午一點前進入西棟，只是你個人的想像。你的推理沒有任何確切的證據。」

師光一步步緩緩走近江藤。

「而且你自己也承認，你的推理太過倚賴巧合。應該有更安全的手法，大可不必這樣鋌而走險。」

江藤默默把手伸進袖口，取出那塊金屬片。師光瞇起眼睛，問道：

「那是……？」

「屍體背靠的牆壁，不是有個地方碎裂嗎？在你們趕來之前，我發現這塊金屬片就掩埋在灰泥牆中。依我所見，看起來像是刀尖。」

師光瞇著眼睛，注視那塊金屬片。

「只要檢查我的刀就能明白，我的刀尖沒缺損。不過，鹿野，你的傘又是怎樣的情況？」

師光沒答腔。

「不妨確認一下你的藏刀傘，刀尖是否完好？看看缺損的部分，是否與我手中的這塊碎片相符。這代表的含意，應該不用我多說明了吧。」

「你憑什麼斷言，這塊碎片原本眞的是埋在資材室的牆壁裡？」

當然可以——江藤頷首，「的確，除了我之外，沒人可以證明。不過，如果不是這樣的話，爲什麼我會持有你藏刀傘的刀尖呢？」

師光默默搖頭，輕笑幾聲。不知爲何，看著他的笑容，江藤有種被潑了桶冷水的感覺。

「算了，在這裡爭論再久也沒用。我去把傘拿過來總行了吧？來到這裡之前，傘淋溼了，所以我交給玄關的警衛保管，請他們幫我晾乾。」

師光聳了聳肩，快步朝門口走去。江藤隨即叫喚巡警，吩咐：

「你跟他去。」

師光轉過頭來，語帶嘲諷地回了一句「我不會逃走的」。

「鹿野……」

望著師光走出署長室的背影，江藤忍不住朝他喚道。

這樣總算結束了吧？來到喉頭的問句，始終無法化爲言語說出口。從他喉嚨深處逸出的，是像被什麼卡住般，灼熱又難受的氣息。儘管如此，江藤還是忍不住想問：

「因爲以罰贖罪，是嗎？」

刹那間，師光的神情驟變，江藤全瞧在眼裡。好似臉部出現裂痕，一陣難以形容的衝擊在師光臉上遊走。

看到師光的反應，江藤一時說不出話。然而下一瞬間，師光臉上的表情完全消失。

「你那是什麼意思？」

鹿野師光一副若無其事的樣子，輕鬆地步出署長室。

可能是緊繃的神經頓時放鬆，江藤癱坐在訪客用的椅子上。本城與萬華急忙奔到他身旁，但他已沒力氣再多說。以罰贖罪，只有這句話不斷浮現腦海。殺了一個人的罪，就得用殺了一個人的罪來償還。爲了懲罰我，師光替我準備了這種罪嗎？——聆聽著遠方靜謐的雨聲，江藤思索著此事。

他輕輕攤開手掌，茫然望著掌心那三角形的金屬片。

這是很細小的碎片。江藤當然知道，剛才那一大串冗長的推理中，這不過是補足一小部分的微小證據。

如同師光指出的，沒有證據可以證明，這眞的是從資材室的牆壁上找到的東西。

看在旁人眼裡，認爲這是江藤信口胡謅的人應該比較多吧。因此，江藤必須表現出這就是關鍵證物的態度。他必須以三寸不爛之舌說服周遭的人，讓情勢倒向他這邊。沒想到師光竟沒再提出江藤預想中的反駁，江藤這場宛如豪賭的辯論，姑且算是成功了。

然而——

江藤仰望髒汙的天花板，彷彿要將淤積胸中的濁氣清除般，長長吐出一口氣。他閉上眼，感覺像含了口濃茶，嘴裡有股久久不散的苦澀餘味。

「不過，眞沒想到江藤先生您手上有這東西。」

本城喃喃低語。

「牆壁上確實有像是刀尖刺破的痕跡，我覺得可疑，所以也檢查過。」

就在這時，有個念頭掠過江藤的腦海。

「那確實是很明顯的痕跡。」

江藤緩緩睜開眼，低聲附和。「別再追查下去」，這聲警告在他腦中響起。但猛然回神，他已著手從頭將推理的絲線往回拉。

「話說回來，既然手巾當場被燒毀，那就表示鹿野肯定擦過刀刃上的血，爲什麼他沒發現刀尖有缺損呢？要是發現有缺損，應該會先檢查牆壁才對。」

江藤皺起眉頭。他只想得到一種情況，師光是刻意留下碎片——但這又是爲什麼？如果師光的目的是要爲江藤羅織罪名，就不可能刻意留下對江藤有利的證據。如果江藤帶的刀確實有缺損，那還能解釋，但就算是這樣，要是碎片的形狀與刀尖不符，等於沒意義，話又說回來，師光不可能知道江藤的刀有無缺損。而實際上，江藤的刀並無缺損。

想到這裡，江藤突然想到一個可能性。

「難道……」

血色從他臉上退去。一路抽絲剝繭，等在前方的，是江藤連想都沒想過，而且是他不願去想的一種推理結果。

江藤雙脣顫抖著，叫喚本城。

「大木發來的電報，寫的是什麼內容，你還記得嗎？」

本城點頭，從懷中取出一張紙。

「鹿野大人事先託我保管，要我拿給您過目。」

江藤以幾欲發顫的手接過電報，迅速看過一遍，忍不住發出呻吟。上頭簡單提到江藤下野的經過後，做了以下的結論：「因赤坂喰違之變，江藤搭乘的蒸汽船會在神戶停留數日。由於佐賀有叛變之虞，望鹿野能趕赴神戶，無論用何種手段，都必須留住江藤。」

居然有這種事——江藤看著那以歪斜的毛筆字寫成的文章，一再如此咕噥。

隨著愈跳愈急的心跳，他的全身也熱了起來，唯獨腦袋極為冷靜，持續以驚人的速度抽絲剝繭。

「鹿野的目的，是要讓我背負殺害吹上的罪名。但如果是這樣……」

江藤暗自吞了口唾沫，夢囈似地繼續自言自語。

「為了在佐賀的風波平息前，將我押送大牢，留在京都……」

別再說了——江藤在內心吶喊。但這違反他的想法，追求眞相的話語，不斷從他脣間流瀉而出。

「要是當面對我說『佐賀很危險，你別回去』，就算對象是鹿野，我也不會聽勸，照樣返鄉。如果是因為他很了解我的個性，才採取這種做法……」

之所以刻意留下刀尖碎片，是為了避免最後江藤被當成殺害吹上的凶手受到懲罰。只要將他留在府內，以司法顧問的權限，師光要給江藤怎樣的待遇都行。萬一內務省要求引渡江藤，師光還能出示一個無法撼動的證據，那塊碎片——證明凶手不是江藤，而是師光。這麼一來，就能保護江藤的生命安全。

師光應該也不是打從一開始就描繪出這麼詳細的計畫。是吹上出現在眼前，告知事情的來龍去脈時，師光判斷這名男子會威脅到江藤的性命。只要殺了吹上，就能暫時讓江藤擺脫政府的監視。爲了爭取時間，鹿野殺了吹上，之後才想出這套計畫——可是，想到這裡，江藤就無法再想得更深入了。

「江藤先生，您怎麼了？」

江藤可能是臉色極差，萬華不安地窺望他。江藤冷汗直流，像罹患瘧疾般，全身直打冷顫。

「話說回來，他們眞慢啊。」

聽到本城的低語，江藤整個人彷彿被彈開似地，霍然起身。

「喂，去看看情況。」

在本城的命令下，白石與大下衝出門外。剎那間，某個影子再次掠過江藤的腦海。

以罰贖罪——這是師光信奉的正義。不惜改變自身的信念，賭上人生所擬定的計畫，此刻被打破了，師光的正義該前往的方向會是——

江藤還沒來得及往外衝，大下已用力打開署長室的大門，衝了進來。

「不、不好了，左近寺巡警倒在前方的走廊上！」

江藤推開愣在原地的本城和萬華，以及站在門口的大下，衝向走廊。在左手邊的轉角處，白石扶起癱倒在地上的左近寺。

江藤從白石身旁穿過，腳下的二趾布襪打滑，多次差點跌倒，但還是勉強穩住，來到玄關。

江藤無暇調整自己急促的呼吸，朝驚訝地從值班室探出頭的門口警衛大吼。

「喂，有沒有看到鹿野？」

「有，他剛才過來拿雨傘。」

「他往哪裡走？出去了嗎？」

面對說個不停的江藤，門口警衛雖然頗爲吃驚，仍指向與江藤他們走來的方向相反的那條走廊。江藤往地上用力一蹬，再次奔向前去。

江藤跌跌撞撞地奔過走廊，打開一路上的多道隔門，找尋師光的身影，卻遍尋不著。盡頭出現最後一道隔門。江藤奔上前，猛力打開。

那是一個約十張榻榻米大的房間。

隔著紙門透進微光的房間中央，鹿野師光背對壁龕坐著。

他像睡著一樣，閉著雙眼。緊跟在江藤身後趕來的眾人，吵鬧地闖進房內，但他似乎完全聽不見。

現場靜謐無聲。綿綿細雨聲，以及自己的呼吸聲，都傳不進江藤的耳中。師光染滿全身的血，彷彿吸走了一切聲響。

追在江藤身後趕到的本城，從他身旁衝出，伸手搭在師光的肩上。這時，好似原本吊住的絲線忽然斷裂，師光的身體頹然倒向血泊中。

用不著確認也知道，鹿野師光手中握著一把短刀。

背後傳來人們的喧鬧聲，但對江藤來說，那些叫喊聲都毫無意義，只是耳邊風。

江藤搖搖晃晃地走進房內，儘管二趾布襪被血染髒，也毫不在意。他來到被本城扶起的師光遺體旁，附近擺著那把熟悉的黑色洋傘，以及從傘柄取出的白刃。至於刀尖——

「鹿野。」

他啞聲叫喚。

「喂，鹿野。」

江藤望向師光蒼白的臉龐。然而，這名雙目緊閉的矮個子武士、堪稱是他摯友的男人，臉上已看不出任何情感變化。

*

明治七年（一八七四）二月，佐賀之亂爆發。

三月，江藤新平逃往土佐被捕。經臨時審判後，遭斬首處決。

參考文獻

《西鄉隆盛　走向西南戰爭之路》豬飼隆明（著），岩波書店（岩波新書），一九九二年。
《幕末維新之城　是權威的象徵，還是實戰的要塞？》一坂太郎（著），中央公論新社（中公新書），二〇一四年。
《人物叢書87江藤新平》，杉谷昭（著）、日本歷史學會（編），吉川弘文館，一九六二年。
《江藤新平　激進的改革者悲劇》，毛利敏（著），中央公論新社（中公新書），一九八七年。
《京都的歷史7維新的動蕩》，京都市（編），學藝書林，一九七四年。
《鏡頭捕捉下的幕末維新志士》，小澤健志（監修），山川出版社，二〇一二年。

本作是基於史實改寫的虛構故事。

《刀與傘》解說——現代秩序的黎明與黃昏

（本文涉及故事謎底，請斟酌閱讀）

對華文讀者來說，《刀與傘》恐怕不是一部容易進入的連作短篇小說集（註一）。它的舞台是在現代日本尚未完全成形的幕末明（治）初，五篇故事橫跨一八六七年（慶應三年）到一八七四年（明治七年）的八年時間。「大政奉還」後由「薩長土肥」（薩摩、長州、土佐和肥前〔佐賀〕四個藩）為主的藩士建立的新政府正在冒起，而舊勢力德川幕府則在掙扎求存。雙方在檯底下互相角力，再加上歐洲力量的干涉，形成了多方勢力拉扯的「多極體系」（註二）。同一陣營的人亦不見得團結，藩士對於該「攘夷」還是「開國」，以及該「公武

註一：本作中最早完成的故事其實是第三篇〈監獄殺人事件〉，在二〇一五年獲得了由東京創元社主辦的「Mysteries!」新人獎。第一篇〈來自佐賀的男人〉和第二篇〈彈正台切腹事件〉分別在二〇一六年和二〇一八年刊登在創元社的雜誌《Mysteries!》。這三篇作品以及後來加寫的最後兩篇〈櫻〉和〈而後，佐賀之亂〉全數收錄至連作短篇集《刀與傘》（單行本書名為「刀と傘 明治京洛推理帖」），並於二〇一九年獲得第十九屆本格推理大獎。

合體」還是徹底消滅幕府爭持不下，政局極度動蕩複雜。

這些多極勢力經過戊辰戰爭、廢藩置縣、頒布《廢刀令》、《華族令》和《大日本帝國憲法》等等事件後已逐一消失，體系漸漸趨向單一，到日本在第二次世界大戰戰敗並於一九四七年頒布《日本國憲法》後大部分更是不復存在。所以對於不熟悉日本史的讀者來講，《刀與傘》提及的薩長土肥、新選組、幕府餘黨、太政官、彈正台等等都是陌生的名字。

只不過，在如此紛亂的背景下，凶殺案的推理解謎過程究竟如何成立，便成了閱讀《刀與傘》的一大樂趣。

推理小說除了「謎團→邏輯性解答」的形式，更會隨著屍體的出現構成另一重「脫序→恢復秩序」的形式。嚴重犯罪如殺人破壞了社會秩序，為此偵探運用客觀公正的科學與邏輯揪出作案者，將他們排除於正常社會之外，令社會回歸秩序。問題是，《刀與傘》的世界還未建立完好的秩序，因此根本沒有秩序可以回歸，更遑論當時日本正陷入該選擇哪種秩序（尊王攘夷還是開國、親新政府還是親幕府、公武合體還是徹底倒幕等）的分水嶺。故此在處理凶殺案前，辦案者還得先決定以哪種秩序為依歸。毫無疑問，這判斷絕非科學性，而是政治性的。於是，「找到解答」並不等於「解決事件」，謀殺案的後續處理方式（例如凶手的下場與案件的「官方」解答）必須要有利於辦案者所信奉的秩序。

從時代或歷史小說的角度看來，《刀與傘》的雙主角採用了「一實一虛」的有趣設計：佐賀藩士江藤新平是眞實存在，尾張藩士鹿野師光則是虛構人物。江藤在五篇故事的身分變遷〈從佐賀藩士、加入新政府成爲太政官中辨官、擔任首位司法卿到下野〉，以及因「佐賀之亂」遭到處決等都符合史實，但他與師光的相遇卻完全是虛構創作。而從我們今天的眼光看來，不論江藤還是師光，雖然皆具備能夠看破眞相的推理能力，甚至各自抱有信念，但就結果而言他們都是不稱職的偵探。一人爲了解決政治紛爭而不擇手段，另一人則無力扭轉不公的裁決。

江藤在今天是被譽爲建立日本現代司法系統雛形的功臣。他是日本首任司法卿，基於「三權分立」的思想設置獨立於太政官的司法省，也完善了警察制度、法院、《民法》和《國法》等等。可是在第二篇〈彈正台切腹事件〉裡江藤爲了迫使彈正台和刑部省合併爲司法省，指使溜川廣元成爲他在彈正台內部的奸細，並利用溜川的死成功瓦解彈正台；第三篇〈監獄殺人事件〉江藤和圓理京兩人同時下毒，令死囚平針五六因劑量過大死去，同時又以此爲藉口將政敵槇村正直拉下馬；到了第四篇〈櫻〉江藤爲偵破案件不惜揑造證據，更故意將槍置於凶手沖牙由羅的房間誘使她自殺，企圖令離開自己的師光因遭到問責而被迫回來。就如淺木原忍在評論

註二：在國際關係理論中，「多極體系」（Multipolar System）是指多個不相伯仲的勢力形成均勢的平衡狀態。相較於「單極體系」（Unipolar System）和「雙極體系」（Bipolar System），「多極體系」更容易趨向衝突。

集《本格推理的本流——解碼本格推理大賞20年》（本格ミステリの本流——本格ミステリ大賞20年を読み解く）探討此作的文章中指出，隨著故事發展，江藤越來越不重視眞相，只在乎要以符合其正義觀的方式「解決事件」，爲了建立司法省的權威不惜斬草除根，這也導致他與師光無可避免的決裂。

美國作家霍華德・海克拉夫特（Howard Haycraft）在一九四一年發表的論著《爲了娛樂的殺人：偵探小說及其時代》（*Murder for Pleasure: The Life and Times of the Detective Story*）中提到，偵探小說是現代民主主義的產物。只有當人人都擁有基於證據、合理程序和重視邏輯性的公平審訊權利，偵探小說才會在當地流行。而江藤的作風恰好示範了當司法機關仍未成爲置身於所有利益關係之外的「第三方仲裁」時，「找出解答」與「解決事件」永遠不能畫上等號。假如司法機關本身捲入利益衝突的風暴中，根本無法冷酷公正地作出裁決，甚至會爲了自保而主動傷害無辜的人。如此一來，就算偵探找出眞正的凶手，故事仍未完結，因爲沒有超然的第三方可以接手後續懲處惡人。在眞實歷史中，江藤在一八七三年出於征韓問題聯同西鄉盛隆等人集體下野，之後他發起「佐賀之亂」，事敗後解散征韓黨並且逃亡，卻礙於通緝照片的關係迅速被捕，最終斬首示眾。諷刺的是，公布通緝犯照片的制度正是由他一手建立，結果自己成了史上第一個適用對象。換言之，他被自己建立的「後續機制」所懲處。

江藤和師光並非「福爾摩斯與華生」的關係，而是旗鼓相當的「雙偵探」。一方面，「解決案件」的主導權往往在眞實人物江藤手上，另一方面，最終成功「找到解答」並向讀者揭露的卻是虛構人物師光。不過，師光所提供的眞相往往只是基於他對涉案人士動機的解釋，並沒有實質證據。說不定就如他木人一樣，他的推理同樣是虛構的想像。兩名偵探的定位在最後一篇〈而後，佐賀之亂〉逆轉過來：師光不僅殺害了內務省的密探並嫁禍於江藤，更以自身的死作結。江藤雖然看穿了一切是師光所爲，卻無法確認師光這樣做究竟是要迫使他爲過去的不擇手段贖罪，抑或是爲了拯救他，藉凶案拖住江藤的腳步使他無法如期前往佐賀，再殺害身爲罪人的自己。根據師光「以罰贖罪」的正義邏輯，以上兩者皆說得通。至於師光的死有沒有成爲江藤決定繼續前往佐賀引發叛亂的契機，伊吹亞門故意留下了詮釋空間。儘管這是一段歷史上不曾存在的因緣，卻會令讀者不禁想要模仿師光和江藤進行最後的「動機推理」。（註）

淺木認爲儘管《刀與傘》的故事發生在幕末明初，其基於設想他人動機的「多重解決」形式其實反映著當今這個「眞實多層次的時代」（眞実が多層化する時代）。世界上往往存在著行動邏輯與自己截然不同、永遠無法互相理解的人。即使眞的理解了對方的想法，也不一定會接受，「理解」和「同意」是兩回事。《刀與傘》正是透過描繪江藤和師光兩人無法相容的

註：伊吹亞門在二〇二一年有推出同系列的前傳故事《雨與短槍》（雨と短銃），講述師光在〈來自佐賀的男人〉的兩年前曾與著名土佐藩士坂本龍馬一起解決長州藩士小此鶴羽被砍死的事件。坂本龍馬後來懷疑是遭到新撰組殺害的事件在〈來自佐賀的男人〉中亦有提及。

掙扎。

「正確」和「正義」，去勾勒出當代社會面對著眞相的「多樣化」以及無法完全理解他者的

如果再參考另一位評論家藤田直哉的著作《爲了娛樂的炎上——後眞相年代的推理小說》（娯楽としての炎上——ポスト・トゥルース時代のミステリ），我們或者可以從《刀與傘》看出更多對於當代社會的洞見。正如前述所指，海克拉夫特認爲偵探小說是以現代民主社會的公平制度爲基礎。可是藤田指出，到了二十一世紀的今天，制度雖然仍在，人民的不信任感卻前所未有地強烈。另一方面，近年不少推理小說會加入「架空法庭」的設定。這些「架空法庭」是在隱喻那些不重視甚至捏造證據去造謠炒作，煽動群眾「炎上」騷擾他人的網路判官。藤田認爲，當代社會正處於公信力低下的「國民政府」，與網路世界的「架空政府」，兩者並存的「二重狀態」。

《刀與傘》中的「國民政府」尚未完全建立、機能不全，公信力也低下，且首任司法卿江藤的審判作風更是與「架空法庭」無異，與當今的「二重狀態」異曲同工，彷彿是借明治維新的現代化「黎明」，去映照當代的「黃昏」。

作者簡介

冒業

九十年代出生。香港科幻、推理評論人及作家。第十九屆台灣推理作家協會徵文獎首獎得主，台灣推理作家協會國際成員。近作有短篇〈浮士德殺人事件〉（收錄於《偵探冰室．劇》）和〈玩具屋〉（刊於《明報》世紀．周日短篇），長篇有《千禧黑夜》、《無盡攻殿》和《記憶管理局》。

E FICTION 62／刀與傘

原著書名／刀と傘
原出版者／東京創元社
作　者／伊吹亞門
翻　譯／高詹燦
責任編輯／陳盈竹
編輯總監／劉麗真
事業群總經理／謝至平
發 行 人／何飛鵬
出　版／獨步文化
115 台北市南港區昆陽街 16 號 4 樓
電話：886-2-25000888　傳眞：886-2-2500-1951
發　行／英屬蓋曼群島商家庭傳媒股份有限公司城邦分公司
115 台北市南港區昆陽街 16 號 8 樓
客服專線：02-25007718；25007719
24 小時傳眞專線：02-25001990；25001991
服務時間：週一至週五上午 09:30-12:00；下午 13:30-17:00
劃撥帳號：19863813　戶名：書虫股份有限公司
讀者服務信箱：service@readingclub.com.tw
城邦網址：http://www.cite.com.tw
香港發行所／城邦（香港）出版集團有限公司
香港九龍土瓜灣土瓜灣道 86 號順聯工業大廈 6 樓 A 室
電話：852-25086231　傳眞：852-25789337
電子信箱：hkcite@biznetvigator.com
馬新發行所／城邦（馬新）出版集團
Cite（M）Sdn. Bhd.（458372U）
41, Jalan Radin Anum, Bandar Baru Seri Petaling,
57000 Kuala Lumpur, Malaysia.
電話：+6(03)-90563833　傳眞：+6(03)-90576622
電子信箱：services@cite.my
封面插圖／山米 Sammixy

封面設計／高偉哲
排　版／游淑萍
印　刷／中原造像股份有限公司
● 2025 年 2 月初版
● 2025 年 3 月 3 日初版二刷
售價 420 元

ISBN 9786267609057（平裝）
ISBN 9786267609026（EPUB）

國家圖書館出版品預行編目資料

刀與傘／伊吹亞門著；高詹燦譯. –初版. –
台北市：獨步文化，城邦文化出版：家庭傳媒城邦分公司發行，2025.02
面；公分. --（E fiction ; 62）
譯自：刀與傘
ISBN 9786267609057（平裝）
ISBN 9786267609026（EPUB）

861.57　　113016939

廣　告　回　函
北區郵政管理登記證
台北廣字第000791號
郵資已付，免貼郵票

115台北市南港區昆陽街 16 號 8 樓

英屬蓋曼群島商家庭傳媒股份有限公司

城邦分公司

請沿虛線對摺，謝謝！

書號：1UR062	書名：刀與傘	編碼：

請於此處用膠水黏貼

讀者回函卡

謝謝您購買我們出版的書籍！

請費心填寫此回函卡，我們將不定期寄上城邦集團最新的出版訊息。

姓名：＿＿＿＿＿＿＿＿＿＿＿＿ 性別：□男 □女

生日：西元＿＿＿＿年＿＿＿＿月＿＿＿＿日

地址：＿＿＿＿＿＿＿＿＿＿＿＿＿＿＿＿＿＿＿＿

聯絡電話：＿＿＿＿＿＿＿＿＿＿ 傳真：＿＿＿＿＿＿＿＿

E-mail：＿＿＿＿＿＿＿＿＿＿＿＿＿＿＿＿＿＿＿＿

學歷：□1.小學 □2.國中 □3.高中 □4.大專 □5.研究所以上

職業：□1.學生 □2.軍公教 □3.服務 □4.金融 □5.製造 □6.資訊
□7.傳播 □8.自由業 □9.農漁牧 □10.家管 □11.退休
□12.其他＿＿＿＿＿＿＿＿＿＿＿＿

您從何種方式得知本書消息？

□1.書店 □2.網路 □3.報紙 □4.雜誌 □5.廣播 □6.電視
□7.親友推薦 □8.其他＿＿＿＿＿＿＿＿

您通常以何種方式購書？

□1.書店 □2.網路 □3.傳真訂購 □4.郵局劃撥 □5.其他

您喜歡閱讀哪些類別的書籍？

□1.財經商業 □2.自然科學 □3.歷史 □4.法律 □5.文學
□6.休閒旅遊 □7.小說 □8.人物傳記 □9.生活、勵志 □10.其他

對我們的建議：＿＿＿＿＿＿＿＿＿＿＿＿＿＿＿＿＿＿＿＿

＿＿＿＿＿＿＿＿＿＿＿＿＿＿＿＿＿＿＿＿

＿＿＿＿＿＿＿＿＿＿＿＿＿＿＿＿＿＿＿＿

為提供訂購、行銷、客戶管理或其他合於營業登記項目或章程所定業務需要之目的，家庭傳媒集團（即英屬蓋曼群島商家庭傳媒股份有限公司城邦分公司、城邦文化事業股份有限公司、書虫股份有限公司、墨刻出版股份有限公司、城邦原創股份有限公司），於本集團之營運期間及地區內，將以mail、傳真、電話、簡訊、郵寄或其他公告方式利用您提供之資料（資料類別：C001、C002、C003、C011等）。利用對象除本集團外，亦可能包括相關服務的協力機構。如您有依個資法第三條或其他需服務之處，得洽詢本公司服務信箱cite_apexpress@cite.com.tw請求協助。相關資料不提供亦不影響您的權益。

□我已詳讀權利義務之相關條款，並同意遵守。

請於此處用膠水黏貼